Les larmes de la noix de coco

Adeline SAUVANET

Les larmes de la noix de coco

Recueil de natures vives

Nouvelles

© 2017, Adeline SAUVANET

Editeur : BoD - Books on Demand,
12/14 Rond-Point des Champs Elysées, 75 008 Paris,
France,
Impression : BoD - Books on Demand, Norderstedt,
Allemagne
ISBN : 978-2-322-13217-1
Dépôt légal : mars 2017

Adeline SAUVANET vient d'avoir 30 ans. Originaire du pays du faiseur de marmots dans la Creuse, elle vit aujourd'hui à Gradignan, près de Bordeaux. Plume curieuse et rêveuse depuis l'enfance, elle a été lauréate de concours littéraires et historiques (*Concours de la Résistance, Dico d'Argent à la dictée de Bernard Pivot*). En 2004, sa nouvelle « *Envole-toi* » est primée au concours de la Nouvelle de Brive. Aujourd'hui diplômée de Sciences Po Bordeaux et d'une école de la haute fonction publique territoriale, elle est Directrice de l'Education à la Mairie de Pessac. « *Les larmes de la noix de coco* » est son premier recueil de nouvelles. Lucie, Charlie, Augustine et tous les autres occupent une place particulière dans sa vie, comme autant de cailloux sur le chemin de l'écriture la guidant vers l'aventure d'un premier roman, dont elle ne connaît pas encore la fin.

Pour Elodie,

« *La femme est une étrange locomotive* »

Honoré de Balzac, à propos de George Sand

Envole-toi

Toujours ce même rêve, lancinant, obsédant. Toujours ces mêmes images ; notre lit, la fenêtre ouverte, la pénombre du crépuscule. Toujours ce même désir ; conjurer la séparation, raviver nos souvenirs, retrouver ton corps. Toujours ce rêve, enragé, obstiné, que je m'efforce d'enfouir au plus profond de mon être et qui ressurgit, toujours plus douloureusement, chaque fois que je m'égare, ne serait-ce qu'un instant.

Il est quatre heures du matin, il neige depuis deux jours maintenant, chaque flocon blanc recouvrant le sol immonde de notre triste planète. L'hiver s'est installé dans les bois, dans les champs, dans mon corps. Je n'arrive plus à dormir. Une fois de plus, ce rêve s'est emparé de moi, me volant jusqu'aux dernières heures de tranquillité de mon sommeil. De l'encens brûle sur mon bureau ; je ne sais pas pourquoi je t'écris encore après toutes ces années. Peut-être pour chasser définitivement ce rêve qui consume ma vie ou peut-être pour m'y replonger une dernière fois, avant d'ouvrir les yeux.

Je croyais pouvoir t'oublier, je croyais que la vie s'en chargerait, tout doucement, mais chaque nuit, je regagne l'autre monde, théâtre de souvenirs perdus et d'émotions nouvelles, où tu m'attends, seul, derrière le rideau. Chaque nuit, nos deux corps se cherchent et tentent de recréer l'intime complicité qui les unissait autrefois, reprenant leur relation là où elle s'est arrêtée, ressassant mille souvenirs de leur passé. Chaque nuit, je retrouve la douceur de tes mains, la profondeur de ton regard, la sensualité de ta bouche qui m'entraînent dans la fièvre de notre amour. Et quand le sommeil finit par s'emparer de toi, blottie dans la chaleur de ton corps, je contemple tes traits immobiles, me délectant de ton moindre souffle, jusqu'à ce que l'aube vienne me voler tout ce qu'il me reste de toi. De ces plaisirs nocturnes, le soleil naissant derrière les collines ne me laisse qu'une ronde de souvenirs évanescents, des images fugitives qui se fanent à la chaleur du jour.

Mes journées, ces longues heures creuses et inutiles, se succèdent péniblement, dévorées par l'incurable ennui. Aveuglée par les éclats sinistres d'un monde que je ne comprends plus, je vis dans l'attente coupable de la nuit, ces douces heures où je peux enfin replonger dans mon univers chimérique. Cet autre monde, plus prenant, plus vivant, plus vrai que la réalité même, m'obsède jour et nuit. Tes yeux, ton sourire, ton parfum, la moindre parcelle de ton corps éveillent en moi des souvenirs lancinants qui me rongent peu à peu. Au fil des jours, un lien obscur se tisse entre l'ennui de mon existence et ce rêve. Ces deux mondes se fondent lentement, insidieusement, semant la confusion dans mon esprit, effaçant peu à peu les contours du monde réel. Mais, lorsque les rêves prennent le pas sur la réalité, lorsque la monotonie nous dérobe le peu d'espoir qui nous reste, à quoi bon vivre ?

Toutes les nuits, j'attends patiemment que Satan vienne me chercher, qu'il étouffe la dernière étincelle qui brûle encore au fond de moi. Mais il n'apparaît pas, il ne vient pas, la vie s'accroche à moi, obstinément.

Ce matin, je suis allée marcher sur la plage. Je me suis assise sur le sable glacé, entre les tamaris et les oyats frémissants.

J'ai recueilli une poignée de sable au creux de mes doigts ; un à un, les grains se sont écoulés de ma main, balayés par un souffle mordant. Immobile, je les ai regardés défiler ; immobile, j'ai regardé ma vie s'en aller.

Puis, j'ai aperçu une lueur à l'horizon, une lueur intense qui dansait à la cime des flots. Un brûlant désir s'est éveillé en moi, ce même désir impatient qui s'emparait de moi à la nuit tombée à l'idée de te retrouver. Je me suis approchée de l'eau. Sur les vagues tremblantes se dessinait une silhouette décharnée, inhumaine, ravagée par sa propre folie. J'ai détourné les yeux de mon reflet et me suis élancée dans le tumulte de l'océan.

Je nageais à contre-courant, l'onde menaçante prête à me happer à chaque instant. Les vagues me fouettaient si violemment le visage que j'avais peine à ouvrir les yeux entre deux bourrasques d'eau glacée. J'avançais sans me retourner. Sur le rivage qui disparaissait peu à peu de mon champ de vision, j'entrevoyais encore quelques pins maritimes malmenés par le vent. Leurs racines si profondément ancrées au sommet des falaises érodées se soulevaient vers le ciel si pâle, si calme, si rêveur, et pourtant …

Je continuais d'avancer, imperturbable, ignorant les mouettes qui me narguaient, ignorant le vent qui attisait la colère de l'océan. Fascinée, je suivais sans crainte cette lueur éclatante, si pure, si blanche. A mesure que j'avançais, cette lueur prenait corps, laissant émerger une silhouette à la crête des vagues. Tu étais là, tu me souriais et me tendais la main. Alors, rassurée par ta présence, j'ai fermé les yeux. Je me suis laissé glisser vers ces gouffres amers que j'avais tant de fois refoulés. Lasse de résister, de lutter contre cet ennemi invisible, j'ai offert mon corps apaisé à l'océan rugissant.

Le monde s'est évanoui. Le vent n'était plus qu'un lointain murmure dont le faible écho s'étiolait dans l'eau à mesure que je m'enfonçais. Je m'en allais, peu à peu, basculant vers l'oubli, le silence, la félicité. Et puis une dernière image a ressurgi du passé. Une image familière, aux contours nets, intenses, un souvenir vivace qui a soulevé le voile de l'oubli pour me rappeler une dernière fois à la réalité, pour me montrer cette jeune fille attendant impatiemment dans le couloir de l'enfance, devant les portes closes de l'âge adulte. Il y a deux ans, ces portes se sont ouvertes brusquement pour ne plus jamais se refermer.

J'avais seize ans, un soir pluvieux a suffi, un soir pluvieux comme des milliers d'autres. Je jouais au ping-pong avec une dizaine de personnes dans la salle des fêtes de notre village. Je frappais rageusement dans la balle avec les gestes et les automatismes d'un pantin, un pantin qui se battait vigoureusement contre ceux qui tiraient les ficelles de sa vie.

J'étais une gamine solitaire qui vivait à l'écart des tumultes de l'adolescence. A force de côtoyer des adultes, j'avais fini par leur ressembler, par devenir adulte quelque part, abandonnant mon sourire et ma tendre naïveté. Même mon corps avait mûri trop vite, comme s'il avait suivi les métamorphoses de ma conscience.
J'étais devenue une machine docile, qui ne connaissait que l'excitation des concours à l'annonce des résultats, une machine bien sage qui ignorait tout de la plus exaltante émotion humaine, une machine froide, qui n'était jamais

tombée amoureuse, jusqu'à ce que la porte s'ouvre, ce jour-là.

Mon cœur s'est serré dès que tu es entré. Je t'ai dévisagé avec le dédain et la défiance d'une louve qui protège ses petits. Puis, j'ai sondé ton regard, tes yeux doux et glacials, sévères et tendres. Tu es resté un instant sur le seuil, silencieux, immobile. Tu ne me voyais pas. Tu es resté des semaines, des mois sans me voir. Alors, à l'affût du moindre signe de ta part, j'ai cherché à franchir les remparts glacés qui t'entouraient. Je me suis coupé les cheveux pour que tu me regardes, j'ai bousculé mes habitudes pour que tu me remarques, j'ai changé pour que tu me désires. Mais à trop vouloir te plaire, j'ai laissé quelques artifices prendre le pas sur ma personnalité, mon naturel, ma spontanéité. Je t'ai arbitrairement imposé une image de moi, sans te laisser la liberté de découvrir qui j'étais vraiment.

J'ai mis du temps avant de comprendre que cette image que je te renvoyais, calquée sur tes goûts, sur tes volontés, sur tes désirs, n'était pas forcément celle que tu voulais voir. Je me heurtais à ton indifférence, à tes silences, incapable de me détourner de toi, comme si tu m'avais insufflé une drogue, une drogue qui me consumait, peu à peu. J'ai langui des mois dans l'attente d'un regard, d'un sourire, d'un geste.

Et puis un soir, un soir d'entraînement, j'ai abandonné cette armure superficielle ; peut-être avais-je enfin compris qu'elle m'avait fait plus de mal qu'elle ne m'avait protégée. En tout cas, ce soir-là, une coupure de courant générale plongea la salle des fêtes dans le noir pendant une dizaine de minutes. Profitant de l'obscurité, les plus jeunes s'adonnèrent à de joyeuses poursuites entre les tables de ping-pong. Le combat faisait rage ; les balles fusaient à travers la salle tandis que les cris et les éclats de rire succédaient à chaque signal d'assaut. Silencieusement, je me suis retirée à l'écart du champ de bataille. J'avançais à tâtons, lentement, lorsque soudain, j'ai senti ta présence tout près de moi. Ta silhouette se dessinait dans l'obscurité. Je suis restée immobile, effrayée à l'idée de me retrouver si brusquement seule face à l'inconnu, dévorée par le désir de fondre sur toi. Tu t'es alors rapproché de moi, timide, hésitant, maladroit, comme si tu attendais un signe, un geste de ma part. Je t'ai souri, tu as cherché ma main, nous nous sommes embrassés. Lorsque la lumière est réapparue, j'ai ressenti cette honte si délicieuse qui, chez les femmes, accompagne la satisfaction intime d'exister et d'être aimée.

De longs regards complices ont suivi, puis des sourires amusés et des gestes tendres, des caresses, et d'autres baisers. Comme j'avais appris à marcher et à parler, j'ai appris à te connaître, à t'apprivoiser, à t'aimer ; investi d'une assurance nouvelle, tu m'as découverte, chaque jour un peu plus. Nous nous sommes engagés sur le même chemin, avec pour unique guide une étoile fidèle que seuls le temps et les efforts conjugués parviennent à faire briller, la confiance.

Je te parlais de poésie, tu me conduisais au cinéma ; tu m'emmenais faire du footing, je t'invitais chez moi, sous l'œil bienveillant de mes parents qui parlaient déjà de mariage. Et toi, tu riais, insouciant, l'œil rêveur. Et je t'embrassais, simplement, naturellement. Et c'est tout naturellement qu'un jour, nous sommes montés dans ma chambre. Dehors, il pleuvait, mais cela n'avait aucune importance ; tu as fermé la porte. Ce jour-là, tu as déposé sur mon corps un frisson de bonheur ; ce jour-là, j'ai commencé à vivre.

Je me suis mise à cueillir la vie comme elle se présentait, goûtant chacun de ses plaisirs nouveaux. J'ai pris mon envol loin de la tour d'ivoire qui m'emprisonnait, redécouvrant le monde avec l'insouciance et l'ivresse de la liberté. Deux mois inoubliables ont défilé, de douces effervescences se sont succédé, se sont bousculées, jusqu'à ce matin de novembre.

Le coup de sifflet avait retenti, je m'élançais dans la piscine pour un cent mètres crawl. Je venais de plonger dans les eaux calmes du bassin, si limpides, si pures, lorsque j'ai ressenti une intense douleur dans le bas ventre. Je suis immédiatement sortie de l'eau, ma tête s'est mise à tourner, je me suis effondrée sur le carrelage humide. Lorsque j'ai repris connaissance, les douleurs, accompagnées de nausées, sont devenues plus aiguës, plus profondes. Je n'avais jamais ressenti de douleurs aussi violentes auparavant, et pourtant, j'ai tout de suite compris : ma vie allait changer, irrémédiablement.

Une simple prise de sang a confirmé mon pressentiment, plus qu'un pressentiment, une intime certitude que la peur repoussait, que la joie ignorait, mais qui a fini par éclater, comme si la vie se vengeait de m'avoir accordé ces doux instants de bonheur. Lorsque l'infirmière est venue m'annoncer la nouvelle, je n'ai pas su s'il fallait sourire ou fondre en larmes. Au fond de moi, j'éprouvais la joie ineffable d'une femme qui va porter en elle la lumière, mais à seize ans, cette précieuse lueur est si vive qu'elle éblouit encore.

D'abord les interrogations, les doutes, les tourments de la conscience, qui transforment l'allégresse en un bonheur coupable, amer, puis la peur, la véritable peur, la peur du lendemain, la peur du jugement, la peur de soi, lorsque les certitudes s'envolent et que le chaos s'installe. La tempête qui venait de se lever sur ma vie avait brusquement arraché tous mes repères, plongeant mon esprit dans la plus confuse obscurité, mais une évidence, intime, maternelle, charnelle, se consumait au fond de moi : j'allais me battre pour ce petit être que j'abritais encore dans la chaleur de mon corps. Et tu allais te battre à mes côtés. Lorsque j'ai partagé mon secret avec toi, tu es resté interdit, silencieux. Pendant un instant, j'ai cru que tu allais t'enfuir, pour mieux me haïr, tu es pourtant resté et tu m'as souri ; dans tes yeux brillait un éclat nouveau, l'éclat de la maturité.

Nous avons parlé pendant des heures, considérant longuement les sombres chemins qui s'ouvraient devant nous, scrutant attentivement leurs pentes abruptes, leurs aspérités et leurs insidieux méandres. Puis, nous avons pris notre décision, posément, consciencieusement ; nous allions donner le jour à ce petit bout de vie qui sommeillait au fond de moi.

Aveuglés par la colère, mes parents n'ont pas compris notre décision. Leurs yeux assombris m'ont renvoyé l'éclat sinistre de la déception que j'avais fait naître en eux. Après les reproches, les gifles, les cris, le silence s'est abattu, froid, oppressant, dernier rempart, lorsque les mots se perdent, noyés dans l'indifférence.

Mon corps a entamé sa lente métamorphose, des formes arrondies se dessinant peu à peu sous mes vêtements d'adolescente. Dans le quartier, au lycée, les langues médisantes ont commencé à répandre leur venin, lentement, insidieusement, les regards ont changé, se détournant peu à peu, par honte, par dégoût peut-être.

Tu m'as appris à encaisser les coups, à bâtir des rêves pour mieux me défendre contre l'écrasante réalité. M'accrochant à cet espoir, j'ai résisté, j'ai lutté, quelques temps.

De fidèles épaules m'ont permis d'avancer, amicales et généreuses, humaines et compréhensives ; rassurée par leur présence, j'ai continué de vivre, presque normalement. De larges pulls dissimulent un ventre rond, d'innocents sourires protègent des murmures méprisants, mais ces voiles sont si minces, si fragiles, qu'ils finissent par s'envoler, laissant transparaître les blessures les plus profondes.

J'étouffais ; j'ai voulu respirer, trop peut-être. Tout s'est passé si vite … Nos deux ombres fugitives se sont faufilées par la fenêtre de ma chambre, la voiture a démarré, ma maison s'est éloignée. La nuit, la pluie, l'accident. Comment pourrais-je oublier ces longs couloirs d'hôpital, ces interminables secondes froides et blanches ? Je t'ai vu partir, j'ai crié. Tu ne m'as pas répondu.

Il y a deux ans que tu ne me réponds plus. Deux ans que je me bats seule, prisonnière du passé, esclave de mes souvenirs, hantée par la mort, si proche encore.

Ce matin, tu m'as tendu la main, je l'ai saisie, un instant, puis je l'ai lâchée, comme si la vie me rappelait à elle, une dernière fois. Lorsque j'ai rouvert les yeux, une petite tête blonde était assise sur la grève, tout près de moi. Lucie me souriait, insouciante, l'œil rêveur. Je me suis avancée vers elle.

Aujourd'hui, c'est la dernière fois que je t'écris. J'entends de nouveau ce cri présent, ce cri d'espoir et de vie. Je t'abandonne à ma mémoire, sage gardienne de nos précieux souvenirs, pour prendre soin de la petite lueur que tu m'as confiée avant de partir. Lucie a besoin d'un guide pour apprendre à marcher comme j'ai besoin de sa lumière pour prendre un nouvel envol.

La tentation du lys

Emma danse sans lui, lumineuse, épanouie ; l'ivresse de la liberté, illusoire, fugitive. Elle danse sans penser à lui, sans penser à demain, ignorant les reproches, les disputes, les crises qui l'attendent. Happée par la fièvre des autres, elle se mélange aux ombres qui chavirent. Autour d'elle, tout s'agite. La fureur des stroboscopes, le feu des nuits insouciantes et ces visages grisés, exaltés qui veulent encore nous faire croire au bonheur. « Qu'est-ce que je fais là ? »

Paul se couche sans elle, abattu, tourmenté ; les affres de la jalousie le dévorent, insidieusement, douloureusement. Pourquoi l'a-t-il laissé partir ? Il n'arrive pas à dormir. Avec qui est-elle ? Pour qui se déhanche-t-elle ? Il ne supporte pas l'idée de ne pas contrôler sa vie. Il l'imagine seule dans l'antre de la nuit, elle, beauté fauve, insolente, livrée à la débauche de ces hommes qui n'en sont plus. Leurs yeux concupiscents l'obsèdent. Ces autres qui la possèdent, qui la désirent. Toujours les mêmes images : des corps vides, imbibés d'alcool caressent ses cheveux bruns, le désir sale de ces hommes trempés de sueur se porte sur ses formes épanouies, et tous ces regards enfiévrés, inassouvis qui dévorent son corps de miel avec avidité. Leur frustration repousse les interdits. Il n'en peut plus. Autour de lui, tout est vide. L'appartement, la chambre, le lit. Une nudité affreuse qui fait résonner avec force le triste écho de sa solitude et lui renvoie, cruellement, l'image de son absence. « Que fait-elle là-bas ? »

Emma danse pour lui, aveuglée, obstinée ; s'accrochant fermement à l'espoir d'un second souffle, plus vif, plus mordant, plus insolent. Elle danse pour raviver l'envie, réveiller les souvenirs, les frissons des premiers regards, si tendres, si complices, l'excitation des premières caresses, maladroites, hésitantes et cette honte inavouable, si délicieuse, faite de peur, de rêve et de désir, cette honte si intime qui rehausse l'intensité de la vie lorsque les corps se mélangent et s'éveillent à l'amour. Prisonnière du passé, elle s'accroche au souvenir intense de ces émotions évanouies comme au seul fil qui la rattache encore à lui. Rêveuse captive, elle voudrait encore croire à la vie exaltée qu'elle s'était imaginée, à cette vie remarquable, différente de la monotonie des autres, enflammée par son désir d'écrire et sa passion pour lui. Mais elle a grandi trop vite :

l'impatience tue les rêves d'enfants. Balayés par le fleuve impétueux de la conscience adulte, ils viennent rageusement garnir le rayon amer des illusions perdues. Autour d'elle, tout est trouble. Les néons tourbillonnent. L'air saturé de fumée devient lourd, écœurant. Et ces corps à la dérive qui s'agitent encore et encore, et ce rythme obsédant qui ne s'arrête pas. Décor pitoyable d'un bonheur inachevé. « Qu'est-ce que je fais là ? »

Allongé sur leur lit, Paul l'attend, désespérément. Son absence est d'autant plus pesante qu'elle est si présente. Son parfum abandonné sur l'oreiller, ses vêtements jetés sur le sol comme autant de vestiges de leur amour, enveloppes insignifiantes qui se mélangent confusément et se perdent dans l'oubli. Il a peur de cet oubli, de cette indifférence qui s'empare des êtres un beau matin et se substitue à l'amour. D'un geste vif, il s'empare de ces draps dans lesquels elle l'a aimé. Il les serre contre lui, de toute la force du désir irrésistible de la retrouver. Son étreinte est si puissante qu'il tremble de tout son être. Autour de lui, l'air est lourd. Une chaleur moite étouffe l'espace, oppresse les corps. L'angoisse monte en lui. Et ce tic-tac insolent qui martèle son attente et le fait languir encore et encore. Le supplice devient insoutenable. Son cœur s'affole. Des perles de sueur, des frissons. La panique a envahi son corps. Et cette obsession. Toujours cette obsession. Son obsession. Que fait-elle là-bas ?

Emma danse contre lui, contre ce corps qui l'écrase, contre ces mains qui l'emprisonnent, contre cet amour jaloux, possessif. Elle danse contre l'ennui, contre leur histoire figée, essoufflée, contre ce voyage immobile, cette routine qui se déroule encore et encore. Elle danse pour résister, contre cette passion qui les domine, qui les déchire, contre cet amour fusionnel qui est en train de les détruire. Elle se bat, se débat, passionnément, aveuglément. Autour d'elle, tout s'accélère. Les pantins se déchaînent, la comédie l'emporte, et ce rythme infernal qui dénature les corps, et tous ces sourires hypocrites, familiers, qui jubilent à l'idée de son futur bonheur. Ce soir, ils sont tous là. Tous ses amis l'entourent. Elle ne s'est jamais sentie aussi seule.

Encore une de ces fêtes insipides, rejouées à l'infini, une occasion manquée de chasser la monotonie, si pénétrante pourtant, puisque la fête devient un rassurant rituel. Encore un défilé de joies programmées, pour sauver les apparences. Toujours les mêmes musiques, les mêmes visages, son meilleur ami qui porte en lui le reflet de leur idylle avortée ; sa cousine qui rêve sa vie à travers la sienne et sa meilleure amie, rousse pétillante qui embrasse la vie autant que son copain, même s'il ne l'aime plus, rousse mutine qui se contente d'un désir coupable puisque leurs deux corps, eux, continuent de s'aimer. Emma, elle, voudrait encore y croire, comme elle a cru que son histoire ne ressemblerait jamais à celle des autres. Elle voudrait encore croire à ses mensonges puisqu'ils ont façonné les contours de son petit monde si confortable, si ordonné, puisqu'ils lui ont donné la douce illusion de maîtriser sa vie. Elle voudrait encore croire à tous ses « je t'aime », si rassurants, si exclusifs qui resserrent peu à peu les murs de son existence sur un univers étriqué, écorché par la jalousie et la méfiance. Elle voudrait continuer d'espérer, de vivre les yeux fermés, mais il est trop tard. Parce qu'elle a choisi de ne pas choisir, les autres ont décidé à sa place : demain, elle se marie.

Paul se lève, se recouche. Il se tourne, se retourne, se retourne encore. Il étouffe. Las de contempler un plafond sans réponse, il se relève. D'un pas précipité, il se dirige vers la porte fenêtre, d'un geste vif, ouvre les deux battants et surgit sur le petit balcon en fer blanc. Dehors, la nuit est tiède, silencieuse, immobile, le calme pesant des nuits d'été, propice à l'éveil de sensations étranges. A l'intérieur, il bouillonne. Il arrache ses vêtements et s'engouffre dans la salle de bains. Son reflet dans le miroir l'écœure. Il pénètre dans la douche et déclenche le jet puissant. Des filets d'eau jaillissent de toute part et ruissellent le long de son corps angoissé. De grosses gouttes se faufilent entre ses doigts impuissants, provocantes, indociles, elles lui échappent lentement, irrémédiablement. Il a beau serrer, les écraser, elles glissent encore et toujours, s'unissant dans l'impétuosité d'un flot incontrôlable. Cette eau, c'est Emma qui s'échappe, qui lui échappe, qui glisse vers d'autres que lui. Face à l'évidence, lui aussi se laisse glisser le long du carrelage humide et s'effondre au fond du bac d'eau glacée. Son regard blanc, figé, porte les stigmates du désespoir. Autour de lui, tout est flou. Le doute s'installe dans son esprit, le désordre dans sa vie. Les contours si parfaits de son existence douillette viennent de voler en éclats.

Quatre heures trente. Ils se croisent dans l'entrée. Paul la frôle. Emma ne ressent rien. Il l'enlace. Elle ferme les yeux. Il y a longtemps qu'ils ne partagent plus les mêmes rêves. Il rêve de bébés, de maisons, de tout ce qui leur offrirait une vie stable et rangée ; elle ne parle que carrière, évasion et déteste l'immobilisme des existences ordinaires. Ils se couchent côte à côte. Et leurs deux corps entreprennent leur ballet voluptueux, un ballet étrange, silencieux, le seul ballet qui les unit encore puisqu'ils ne se comprennent plus. Deux corps étrangers qui partagent encore le même lit. Demain, ils se marient.

Toujours les mêmes lendemains de fêtes. La fatigue d'une nuit passée à gesticuler, le dégoût de l'ivresse et des orgies de la veille, l'amertume du temps de la fête écoulé et tout son cortège de gobelets renversés, d'éclats de voix dissipés et de confettis éparpillés. Voilà tout ce qui reste de leur mariage. Le désordre d'une fête extraordinaire qui laisse à nouveau place au quotidien et à sa torpeur ordinaire. On remet de l'ordre, on range les artifices et on chérit pieusement ce souvenir puisque la routine reprend, sans surprise.
Aujourd'hui, Emma monte se coucher, demain elle se réveillera enceinte d'un premier enfant, puis d'un deuxième. Elle enfantera d'un bonheur qui sera celui de son mari mais qui ne sera pas le sien. Elle n'a que vingt ans, et pourtant, elle a l'impression d'avoir vécu tout ce qu'elle avait à vivre.

Sur sa table de chevet, une sentinelle est embusquée. Un roman de Maupassant, à livre ouvert, lui donne l'alerte dans un clairvoyant murmure : « *L'homme espéré, rencontré, aimé, épousé en quelques semaines, comme on épouse en ces brusques déterminations, l'emportait dans ses bras sans la laisser réfléchir à rien. Mais voilà que la douce réalité des premiers jours allait devenir la réalité quotidienne qui fermait la porte aux espoirs indéfinis, aux charmantes inquiétudes de l'inconnu. Oui, c'était fini d'attendre. Alors plus rien à faire, aujourd'hui, ni demain, ni jamais. Elle sentait tout cela vaguement à une certaine désillusion, à un affaissement de ses rêves.* »

Une Vie : c'est la sienne. Emma, c'est une Jeanne du XXIème siècle qui se débat dans le décor d'une vie désenchantée. «*Alors plus rien à faire, aujourd'hui, ni demain, ni jamais*», «*Alors plus rien à faire, aujourd'hui, ni demain, ni jamais*», douloureux leitmotiv qui résonne en elle comme l'écho de sa profonde détresse, déchirant cri d'alarme qui lui rappelle qu'elle, elle n'a pas fini d'attendre.

07h30. Paul est déjà au travail, en avance, comme d'habitude, un réflexe sans doute. La pluie n'a pas cessé de tomber depuis qu'il a quitté l'appartement. Il pense à elle. Il démarre son camion, charge ses outils et attend patiemment l'arrivée de ses collègues. Elle lui manque. Le travail a ses contraintes qui rythment le quotidien conjugal de séparations temporaires. Il ne supporte pas l'idée de la quitter. Il déteste ces séparations programmées, arbitraires, autant de ruptures artificielles qui déchirent le quotidien des couples qui travaillent, en les éloignant peu à peu. D'un geste mécanique, il attrape son téléphone portable et le fait glisser dans le creux de sa main. La tentation est grande. Il ferme les yeux. Il brûle d'envie de la retrouver, de fermer à nouveau la porte de leur intimité, le temps d'une soirée qui n'appartiendra qu'à leur désir. Il imagine la robe qu'elle aura choisi de porter, langoureuse, impatiente, il respire déjà cette odeur si particulière qui l'enivrera à peine la porte franchie, délicieux mélange de senteurs sucrées et d'arômes mijotés, mariage savoureux entre les effluves de son parfum et le fumet d'un repas exclusif, autant d'attentions qui attiseront son orgueil d'homme marié. Le désir l'emporte. Il regarde son portable et compose son numéro. Une sonnerie, puis deux …

07h40. Emma est en retard, elle court sur le quai de gare. Elle s'engouffre dans le premier wagon ouvert, sans se retourner. Le contrôleur siffle. Elle s'assoit près de la fenêtre. Dehors, les adieux vibrent encore de toute l'intensité de la dernière étreinte. A côté d'elle, la place est vide. Elle a éteint son portable.

Dehors, le vent se lève, un vent sournois, pénétrant, qui s'insinue dans le moindre interstice de vie. D'un geste fébrile, Paul serre son alliance, avec l'étrange pressentiment qu'elle ne portera pas de robe pour lui ce soir.

Emma retire son alliance, d'un geste assuré, comme si ce seul geste lui conférait toute la puissance de sa liberté retrouvée. Puis, fouillant rageusement dans son sac à main, elle s'assure qu'elle a bien emporté sa carte d'identité et, avant de la ranger, s'attarde sur son nom, figé sur le plastique bleuté. Emma, Eugénie, Gascartin. Songeuse, elle ferme soudain les yeux, pénétrée d'un sentiment étrange, l'évidence facétieuse qui ouvre tous les possibles, comme une gifle si puissante qu'elle en donne la nausée. Haut les cœurs ! A nous deux, maintenant. Emma s'évanouit pour mettre au monde Eugénie. Un deuxième prénom effronté, turbulent, impatient de conquérir la vie. Un nouveau titre au débotté pour un roman différent. Une doublure commode, prédestinée, pour une page immense à apprivoiser, plus intense, plus blanche. Déjà, son esprit vagabonde, ricoche, bondit de tous les côtés. Elle songe avec appétit à cette ville magnétique qui l'attend. Bordeaux. Une ville qui porte en elle le regret de ses études avortées, une ville qui lui ressemble peut-être au fond, si les stigmates du passé rassemblent. La honte de la traite négrière pour l'une, la lâcheté d'une trahison fugitive pour l'autre. Coupables chacune à leur manière, toutes deux s'efforcent d'oublier pour continuer de vivre.

Le train entre déjà en gare. Le cœur léger, Eugénie saute du wagon et longe le quai d'un pas résolu. Elle aime l'effervescence de ces gens qui se croisent, qui se bousculent sans même savoir où ils vont. Elle aime ce carrefour de vies, de lendemains incertains, avec ces trains qui renferment toute la promesse d'infinis ailleurs. Elle suit le flot ininterrompu de ces voyageurs anonymes. La verrière qui surplombe la salle des départs laisse déjà filtrer les premiers éclats du soleil de mars. Elle s'arrête pour s'imprégner de toute leur douceur. Elle lève la tête, dominée par la grande fresque qui recouvre le mur au fond de l'immense hall d'entrée. Sous cette fresque, s'étale, fière et majestueuse, la devise de la ville : *les lys règnent seuls sur la lune, les ondes, la forteresse et le lion*. C'est parfait, elle adore les lys.

Eugénie ne pensait pas qu'il était aussi facile d'oublier. Pas de chagrin, pas de remords, rien, si ce n'est l'enivrante douceur de la liberté. Il y a quatre mois maintenant qu'elle a emménagé dans son nouvel appartement du quartier des Capucins. Son mariage n'est plus qu'un lointain souvenir. Pour payer ses études, elle travaille désormais dans un petit café sur les quais, le *Tohu-Bohu*. C'est un café-philo à la française dans un décor de Cédric Klapish, *une Auberge Espagnole* sur le port de la lune où se mêlent la fièvre des rencontres et l'exaltation des rapports humains. Le *Tohu-bohu*, c'est un méli-mélo de langages qui se parlent sans se comprendre, se rencontrent autour de tapas, de tequila et de salsa puis se perdent dans le tourbillon de la société moderne. Le *Tohu-bohu*, c'est le point de chute de tous les égarés de la vie qui s'imprègnent de l'allégresse des lieux pour donner une nouvelle cadence à leur existence. Et c'est dans un coin de ce tohu-bohu qu'Eugénie s'est mise à écrire.

Depuis qu'elle travaille ici, elle profite de chaque pause pour se faufiler dans le fond du café, près de la fenêtre qui donne sur l'une des portes de la ville. Et elle noircit inlassablement des pages et des pages de son petit carnet noir, d'une écriture fébrile, parfois maladroite. Elle raconte son histoire, puisqu'elle n'en a pas d'autres à raconter. Chaque soir, elle relit ses petits caractères tremblant face à l'immensité de la page blanche, puis elle s'endort, sereine, soulagée. Toute la journée, elle est hantée par la continuité de son récit, elle vit dans l'attente de ces douces heures d'écriture, où elle pourra enfin s'abandonner librement sur la page blanche. Elle vit dans ses rêves, dans ses envies, dans ses pensées, avec l'espoir d'en saisir toute l'intensité, et de les retranscrire, sa pause venue, dans son petit carnet à spirales. « *Ecrire, c'est ranger le vrac de sa vie* ». Après tout, Cédric Klapisch a peut-être raison ; par l'écriture, elle remet sûrement de l'ordre dans le désordre apparent de son existence même si, au fond, elle sait qu'elle comble surtout la déception d'une réalité qui s'est écartée de ses désirs.

« L'Envers du décor ». Plus qu'une enseigne souillée, un refuge pour tous ces hommes qui échouent le long d'un zinc afin d'oublier qu'ils n'ont plus envie de vivre. Il y a longtemps que la poussière de la vitrine abrite les naufragés de la vie des regards extérieurs. Mais lorsque l'on pénètre à l'intérieur, l'envers d'une réalité qui dérange se dévoile ; la moisissure a envahi les murs et la déchéance se lit au fond de chaque verre, à travers ce liquide perfide qui excite les instincts des hommes

et anéantit leur morale. Assis au fond de la salle obscure, Paul commande un autre verre de rhum. L'atmosphère écœurante de ce bar enfumé est devenue son décor quotidien. Un décor fragile, qui se fissure dangereusement, à mesure que les heures défilent au rythme des verres qui se succèdent, encore, et encore.

01h30. Debout derrière le bar, Eugénie essuie les derniers verres. Dans l'atmosphère feutrée qui succède au tumulte des heures intenses, une lumière fauve, tamisée, se dégage des murs d'ocre et de feu. Une douce nostalgie enveloppe les lieux. Ils résonnent encore de ces vies qui passent, puis se retirent, emportant avec elles leur écume sonore pour ne laisser que le regret d'un lointain murmure. Près du comptoir, quelques jeunes noctambules fredonnent des airs jazzy sur des accords de piano, impatients de s'élancer Quai de Paludate pour répondre à l'irrésistible appel des nuits bordelaises. Au fond de la salle, près de la fenêtre, à *sa* table, un jeune homme, plongé dans la lecture de son roman, termine un cocktail, distraitement. Marc Lévy, non, Primo Lévi ou non, peut-être encore Justine Lévy ; dans la pénombre de la salle, les caractères vacillent et se mélangent confusément, elle n'arrive pas à déchiffrer la couverture. Pourtant, depuis qu'il s'est installé, elle ne l'a pas quitté des yeux. Si son physique est banal, son regard sombre a quelque chose de fascinant, de profond, qui semble l'inviter à en découvrir davantage.

02h30. « L'Envers du décor » ferme ses portes et refoule ses derniers naufragés dans le froid de leur existence quotidienne. L'alcool n'est qu'une illusion passagère qui donne l'impression du bonheur, qui apaise, soulage, jusqu'à ce que le décor d'un foyer vide ressurgisse, avec son cortège de souvenirs, faisant éclater la violence d'un échec conjugal à la figure de celui qui a été assez naïf pour s'imaginer qu'il peut fuir la réalité et essayer de l'oublier. Il est déjà demain et Paul n'a pas envie de rentrer, il n'a pas envie d'affronter le silence de leur appartement qui retentit encore de ses éclats de rire, il n'a pas envie de revoir ses vêtements dans l'entrée et de pendre son manteau à côté, autant d'avatars de la vie conjugale, comme si rien n'avait changé. Accoudé au comptoir, il entretient l'illusion. Il reprend un autre verre, du whisky, incapable de se jurer que ce sera le dernier.

Accoudé à un autre comptoir, un homme adoucit la fin de journée d'une jeune serveuse en commandant deux coupes de champagne. Derrière son regard sombre, se dessine un prénom, Julien. Il est conservateur au CAPC, le musée d'art contemporain de la ville. Une complicité silencieuse succède au rituel des présentations. Fascinée par l'intensité de son regard, Eugénie se délecte d'un trouble indéfini et s'enorgueillit des espoirs d'avenir qu'elle a vu naître. Attiré par la fraîcheur de son regard, il perçoit de la honte et de la détermination, de l'admiration et même de l'ambition dans ses yeux farouches qui brillent encore d'une lueur candide. Julien regarde sa montre et règle l'addition. Il abandonne son roman sur le comptoir, lui adresse un clin d'œil, puis disparaît dans l'obscurité des quais endormis. Eugénie s'empare du roman et jette un coup d'œil amusé à la couverture : *Rien de grave*, de Justine Lévy. Sur la première page, un petit mot a été griffonné à la hâte, elle le lit puis elle sourit. Rien de grave en effet, si ce n'est qu'elle est amoureuse.

Paul roule depuis plus de deux heures maintenant. Les yeux rivés sur la chaussée noire qui défile, il s'enfonce dans l'obscurité des ombres qui vacillent puis se perdent dans le décor d'une nuit trop profonde. Il roule dans le flou. Un seul repère : une ligne droite, immuable, immobile, qui indique fièrement le sens de ce qu'il reste à parcourir. Il roule de plus en plus vite, et toujours ce même repère, une bande blanche, continue, impassible, qui se déroule à l'infini, trait d'union incertain entre deux vies qui se rejoignent, deux vies qui se séparent.

Une ligne froide, fragile, ironique, ultime passerelle entre la vie qui se hâte et la mort qui attend, patiemment, pour surgir, au moment où cette course n'aura plus de sens. Il roule trop vite. Au loin, une ombre fugitive se dessine au bord de la route. Un jean, un pull blanc et de longs cheveux bruns qui flirtent avec le vent. Il croit que c'est elle, il accélère, un cri. Et puis la chute dans le ravin, le verdict, et les lourdes portes qui se referment, définitivement.

Julien lui ouvre les portes de l'hôtel particulier ; Eugénie n'est pas en retard au rendez-vous. Elle le suit à l'intérieur du bâtiment, se hisse en haut de l'escalier de pierre puis se glisse furtivement de l'autre côté du rideau. « *Le White Garden* ». Dans l'atmosphère éthérée d'une discothèque aux allures d'Eden, elle découvre le faste branché des soirées sélectives. « *Là, tout n'est qu'ordre et beauté, luxe, calme et volupté* ». Autour d'elle, tout est blanc, une blancheur éclatante qui laisse entrevoir la beauté opaline de ces filles raffinées qui portent en elles la certitude de leur futur bonheur. Dans l'intensité de leurs regards, se reflètent les contours d'un monde de cristal. Autour d'elles, tout scintille, tout brille ; de fines bulles ambrées se bousculent dans leurs coupelles impatientes tandis que l'éclat chatoyant de fontaines orgueilleuses déverse une lueur provocante dans leurs regards acerbes.

Fascinée par cette lueur nouvelle, Eugénie se faufile parmi les ombres, effleurant, ravie, les courbes limpides des canapés blancs, envahie par la douceur inavouable d'un plaisir intime devenu palpable. Puis elle s'élance enfin, au centre de l'arène, à l'assaut de ces costumes gris, impeccables, qui sont nés pour réussir.

Bienvenue dans un autre monde. Le Triangle d'Or bordelais. Et son cortège d'intérieurs beiges, si légers, dont la clarté laisse deviner tout le luxe qui sommeille derrière la subtilité des artifices. Cocktails, conférences, galeries d'art, elle découvre ce monde où il faut sourire pour ne pas tomber. Et elle sourit, remarquablement bien.

Et Julien l'entraîne le long de la Garonne, à la poursuite de ce soleil d'octobre qui se lève fièrement à l'horizon. Et ils se mettent à courir, défiant avec panache l'astre tout-puissant dans son envolée vers le zénith. Julien mène la course. En point de mire : le CAPC, sa thébaïde, son bureau, son empire. Basilique, halle chinoise ou caravansérail ? Dans le décor de l'ancien entrepôt des denrées coloniales, le musée moderne a rendez-vous avec l'histoire. Impertinent et décalé, l'art conceptuel s'étale farouchement sous la double nef de l'édifice en pierre. Les négriers ont changé de visage.

Une vitrine les sépare. Un rectangle de plexiglas dans lequel clignote un néon. Une inscription fluorescente en lettres capitales s'affiche par intermittence : *STRIKE… STRIKE… STRIKE.* Le cœur d'Eugénie se met à battre au rythme de ces apparitions fugitives. Julien l'observe, sans un mot. Devant le spectacle de sa propre réussite, il ménage son silence comme s'il voulait surprendre toute la rage qui sommeille encore en elle. Quelques heures hors du temps. Puis deux sourires qui se frôlent, deux regards impatients, qui se fondent dans le même désir. Et l'exaltation des corps, deux corps qui se défient avec fureur sur un canapé de velours.

Demain, Julien l'emmènera au sommet de la flèche Saint-Michel ; de là-haut, ils surplomberont toute la ville. Il lui fera gravir une à une les marches de l'imposant escalier de pierre ; Eugénie aura le vertige, c'est normal, mais une fois en haut, il imagine déjà son regard vibrant. Dans ses yeux, un seul éclat, un seul désir, ce désir d'altitude, mélange d'excitation et de frisson, qui anime chaque regard innocent face à la possibilité de réussir. Il en est sûr, il le sait, une fois là-haut, elle le suppliera de ne jamais redescendre.

Ils disent oui pour un duplex avec terrasse, non à Monsieur le Maire, non à la dépendance des amours fusionnelles qui transigent, s'accommodent puis s'engourdissent dans la passivité affligeante de l'indécision conjugale. Un contrat tacite mais entendu. Fin novembre, ils aménagent Cours de l'Intendance ; un autre intérieur sobre, aérien dont Eugénie apprécie le charme cossu. Elle a toujours rêvé de cette vie-là, secrètement bien-sûr, puisque la jalousie des uns fait de l'ambition des autres une vanité méprisable.

Vivre à l'improviste, suspendue aux lèvres de Julien, sans carcans ni certitudes, Eugénie a toujours rêvé de ces imprévus qui surgissent le soir, lorsqu'un mécène pousse la porte de chez vous pour vous annoncer qu'il a trouvé un éditeur. Dans son petit carnet noir, elle note chaque détail, chaque frisson ainsi que l'excitation suprême de ne plus rien contrôler. Hier, Julien lui a orchestré un rendez-vous avec son nouvel employeur. Aujourd'hui, allongée dans les eaux vaporeuses de sa baignoire, elle relit son manuscrit à voix haute, religieusement, avec toute la fièvre qui accompagne l'intense désir de reconnaissance. Elle fait glisser chaque phrase, rature, retouche, puis remanie l'ensemble jusqu'à ce que chaque mot se fonde dans l'atmosphère liquide de la pièce. Et enfin le point final, qui annonce froidement l'angoisse impatiente d'une sentence décisive.

« Envole-toi ». Plus qu'un titre, une injonction. Avec son premier roman, elle s'envole loin, très loin. Photos, interviews, prix littéraires. Tous ces applaudissements résonnent en elle comme une excitante conquête. Le succès est comme un vin sucré, il enivre doucement, effleurant les sens en les taquinant d'un air mutin, jusqu'à ce que la naissance de cette jouissance souveraine pousse le nouveau soleil à saisir toute l'intensité du frisson d'exception qu'il vient de découvrir. Aujourd'hui, c'est elle qui attire la lumière, c'est elle que l'on photographie, que l'on célèbre, que l'on admire. Et elle aime ça, oui, elle adore

ça. Une intronisation au royaume des costumes gris. Tous l'appellent « *Belle-Amie* » et elle sourit.

Un autre sourire, sur un autre visage, celui de son mentor.

Le jour, Julien s'efface, il observe. Une retraite vigilante, médiatique, simulée. Metteur en scène appliqué, il se délecte du spectacle, de son spectacle. Tout semble si spontané : l'évidence du succès, l'admiration qui l'accompagne, l'improvisation des compliments. Un tableau si réel, et pourtant. Derrière les applaudissements, un scénario péremptoire et une intrigue arrangée, implacable, savamment composée. Julien jubile ; l'emprise sur les femmes est tellement plus efficace lorsqu'elle est invisible.

Le soir, Julien sort de l'ombre. Dans l'intimité satinée de leurs nuits impatientes, leur chambre est tour à tour un cocon, un tribunal, une arène, une arène tendrement animale, dans laquelle le partenaire si discret se révèle être un adversaire redoutable. Dans l'arène du désir, les draps glissent ; deux jeunes loups viennent de jaillir. Deux regards incisifs, passionnés, se frôlent en s'affrontant, deux peaux aiguisées, volcaniques, se heurtent en badinant, se déchirent en s'enlaçant. Et puis l'arène devient fournaise. Mais la conquête du plaisir est une conquête égoïste, régalienne, la promesse d'une jouissance encore plus intense, plus violente encore : le pouvoir. Au fil de cette guerre froide, les corps en feu se sondent et se délient, dominent et se soumettent, jusqu'à ce qu'enfin, un soir, l'emprise féminine émane de ce duel charnel. Dès lors, le jeu ne suffit plus, la tentation du lys l'emporte.

Une inscription à Sciences Po, et le diplôme, cinq ans plus tard, auréolé du prestige d'appartenir à ces têtes bien pensantes qui embrassent la vie avec les yeux de Machiavel. Puisque l'ambition élargit les rêves, un seul principe : prendre des risques et réussir. Et Eugénie se prend à rêver de dorures républicaines, convoitant avec audace les joutes oratoires d'un éminent perchoir. Dans la conquête du pouvoir, elle s'élance en tête, briguant farouchement le prestige de l'élite parisienne.

Il y a des accélérateurs de l'existence qui vous propulsent vers des sommets inattendus. Des sacrifices, un concours, une admission. Et l'exaltation suprême à l'annonce des résultats. Sourire solennel au sommet du grand escalier d'honneur, elle jubile. Vernis, tailleur, brushing, les talons qui claquent donnent de l'assurance. Et un nouveau regard qui courtise l'arrogance. Cette fois, la chrysalide s'est échappée de son cocon de soie. Et elle s'envole, si fière, sous l'apparence d'un élégant papillon.

Et Julien la regarde grandir, s'envoler, s'épanouir, se fondre dans ce moule d'insolence, dans cette meute d'arrivistes qu'il dévisage avec dédain. Et Eugénie grandit sans lui, elle s'échappe, elle lui échappe, jusque dans l'intimité de leurs nuits où son corps fugitif se dérobe à l'intensité de ses caresses. Et il la regarde s'agiter avec panache, silencieusement, patiemment, posément, car dans l'ombre, se distille un désir solitaire, séditieux, qui peut compromettre les ambitions d'un soleil trop hâtif. Julien sait qu'Icare lui aussi s'est envolé et la suite, tout le monde la connaît.

Et donc un soir Julien s'éveille, se révèle. Sa voix est troublante, inattendue. De ses lèvres s'échappe une faveur légitime, naturelle, que les hommes ordinaires demandent à la femme qu'ils aiment.

Eugénie ne sait toujours pas pourquoi elle a dit oui. Oui à ce désir interdit, étouffé, refoulé par les normes d'une conscience ambitieuse, mais perspicace, qui sait bien que l'égoïsme ne se conjugue pas avec la maternité. De toutes les conquêtes féminines, la grossesse demeure une énigme animale, régressive, paradoxale, où l'injonction sociale triomphe de la liberté. Interdit suprême, banni des cénacles bien-pensants, ne pas vouloir d'enfant constitue une fronde éhontée contre des conventions socialement arrangeantes. Or, elle méprise ces mères sacrifiées qui vivent entre parenthèses, rêvent par procuration, suspendues aux lèvres d'un Petit Prince tout-puissant, tout en jurant qu'elles ne regrettent rien. Elle méprise ces parents heureux par politesse, qui s'accommodent d'une existence immobile, indolente, pour se conformer à la nécessité procréative socialement rassurante. Si le bonheur est un prétexte pour ne rien faire, elle ne veut pas vivre en apnée et rêver au conditionnel passé. Si un enfant est un prolongement de nous-mêmes, elle ne veut pas accoucher d'un prolongement d'inachevé, accablé par les regrets d'une mère névrosée, héritier d'une frustration moribonde. Sa décision est prise. Elle se résume en trois lettres. Le prix de l'indépendance et de la liberté.

Plus de retour en arrière possible, son avion décolle déjà. Seule, derrière le hublot, Eugénie contemple l'incandescence veloutée d'une promesse céleste recelant l'éclat d'un jour nouveau. Derrière les nuées onctueuses, elle découvre les reflets de la carte postale alsacienne. Strasbourg, l'antichambre du pouvoir. Un passage obligé avant son intronisation ministérielle. Elle atterrit dans une contrée mondaine qui reconnaît les initiés au respect de la bienséance. Une nouvelle conquête débute alors. Une conquête exigeante dans un monde où la vie n'est plus un songe mais une compétition. Une conquête cruelle où les intrigues se font et se défont au royaume des courtisans en cols blancs. Une conquête harassante où le sommeil devient un luxe, emporté par la frénésie du pouvoir. Aujourd'hui, elle s'endort à Séville. Demain, elle se réveillera à Rome. Un tourbillon de discours, de conférences, et une vie au diapason des représentations européennes. Aspirant aux faveurs les plus éminentes, elle se fraye un chemin confortable dans les arcanes de la caste influente. L'éclat rosé des coupes pétillantes. L'élégance fondante de macarons délicats. Autant de plaisirs raffinés qui invitent à une délicieuse accoutumance. De cabinets ministériels en secrétariats d'Etat, elle tutoie avec talent les cimes de l'élite parisienne. La fièvre des grands rendez-vous, le stress des situations de crise, elle apprivoise ce sentiment grisant d'appartenir à une classe d'exception.

Et puis un jour, le rideau tombe. Les décors s'effondrent. L'alternance, la disgrâce. Une existence boulimique éclipsée, balayée par un souffle démocratique dissonant. Lorsque l'ombre envahit la scène, la vie se pare de son costume familier, d'une troublante banalité, l'ennui. Au tumulte des sollicitations succèdent alors la torpeur des journées ordinaires, et son cortège immobile d'incertitudes angoissantes. Derrière l'éclat voilé d'une carrière trop fulgurante, l'excitation s'évanouit, diluée dans la vacuité d'un agenda où les rendez-vous s'étiolent. Et puis, surgit la lassitude, furie accablante. Elle ferme les yeux.

Lorsqu'elle ouvre ses yeux, une douleur enragée foudroie ses tempes, acharnée, insidieuse. Un bourreau invisible cisaille son crâne, martelant avec vigueur un châtiment perfide pour la punir de son assoupissement coupable. Assise à son bureau, elle s'étire, engourdie par les vagues intermittentes d'un sommeil trop hâtif. Tout son corps porte encore les stigmates d'une nuit effervescente, drapée d'une aura créative enfiévrée. D'un geste brusque, elle attrape son manuscrit achevé et le glisse dans son cartable.

On revient toujours à ses premières amours. Et elle s'est remise à écrire, par habitude, par réflexe sans doute, une fugue instinctive pour conjurer la léthargie d'une parenthèse si longue. Exquise catharsis, l'écriture naît d'une pulsion jubilatoire qui ravive la fureur de vivre. Jonglant avec les mots comme on se joue de la servitude volontaire d'une existence trop sage, elle puise dans son irrésistible délire verbal la force de lâcher prise. Oser l'impossible en écrivant. Entre ses lignes, elle se délecte de la puissance créative que lui confère l'acte d'écrire. Sous sa plume acérée, les marionnettes gesticulent, les sentiments s'éveillent, s'agitant dans un ballet amer jusqu'à se fondre dans les désirs intimes d'une conscience malicieuse. Elle explore ainsi le supplice désirable de l'amour non exclusif à travers ces complicités mondaines qui se teintent d'une troublante attirance. Les mots pétillent sur le papier, la délivrant des figures imposées par une culture sélective, agressive, dont la greffe ne prend pas. Les mots ricochent sur les peines rebelles, écornant un univers où les émotions sont étouffées, où la jalousie est ravalée au rang des frustrations ordinaires. Et puis un jour, les mots ne suffisent plus. A force d'écrire, elle ne veut pas oublier de vivre.

Sa valise est prête. Elle se faufile dans l'entrée. Cinq années ont glissé, languissantes, somnolentes. Cinq années envolées, captives de l'ombre, jonchées d'espoirs discrets frôlant l'impatience. Un reflux stratégique à l'affût d'un signe, d'un appel, d'une faveur prompte à la soulever vers des hauteurs apprivoisées, préludes d'une reconquête légitime, la reconnaissance.

Elle jette un dernier coup d'œil dans l'entrée. Sur la console épurée, pas de photographies d'enfants, ni d'amants. Seule la finesse aérienne d'un bouquet de lys se dévoile avec prestige. L'indépendance a un parfum entêtant, magnétique. En fermant la porte, elle surprend son reflet dans le miroir. Il lui renvoie, vibrant d'insolence, l'assurance éclatante de sa jeunesse. Et puis soudain, une sonnerie puissante déchire la pièce, irradiant tout son être d'un frisson exquis. Le signal, fulgurant, évident. D'un geste vif, elle saisit son portable. La fébrilité des secondes incertaines, et puis l'excitation frémissante qui accompagne la promesse d'une renaissance si convoitée. Son manuscrit peut attendre … Si le pouvoir est un bien éphémère, il suffit de le toucher un jour pour que l'invitation au voyage devienne une farouche obsession. Malgré les déceptions qui guettent et les renoncements à venir, malgré la chronique d'une chute annoncée et le présage d'un dénouement final, cyclique, inexorable, elle succombe une fois encore à la tentation du lys. Acrobate des mots comme de la vie, elle s'élance sur cette nouvelle page blanche à conquérir, éprise d'une seule certitude, nous sommes ce que l'on ose.

Elle est debout sur mes paupières

Comme tous les ans, je suis venue à notre rendez-vous. Je n'aurais manqué celui-ci pour rien au monde. Dehors, une pluie rageuse martèle la campagne ensommeillée. Assise au volant de ma voiture, j'attends quelques minutes que l'averse cesse. Le ciel s'empreint d'une colère sourde, violacée. J'allume la radio. Une voix familière jaillit dans l'habitacle, enveloppant mes pensées d'une nostalgie importune.

« Comme un fou va jeter à la mer
Des bouteilles vides et puis espère qu'on pourra lire à travers
S.O.S écrit avec de l'air
Pour te dire que je me sens seul
Je dessine à l'encre vide
Un désert

Et je cours
Je me raccroche à la vie

Je me saoule avec le bruit
Des corps qui m'entourent
Comme des lianes nouées de tresses
Sans comprendre la détresse
Des mots que j'envoie … »

Au fil des paroles, des impressions fugitives émergent de la ronde confuse des souvenirs. Une horde de sentiments ressurgit des limbes d'une adolescence si profondément enfouie. L'adolescence, cette *« époque mal dégrossie de l'existence, une période opaque et informe, fuyante et fragile »*. Sur cette période de ma vie, je partage l'humanisme clairvoyant de Marguerite Yourcenar. L'adolescence est l'âge de tous les oxymores. Une indolence rebelle faite d'espoirs fatalistes et d'idéaux déçus. Une tempête émotionnelle qui déverse avec fureur des torrents de tourments futiles. Une révolution invisible qui laisse éclater toute la fureur de vivre et la fragilité de l'existence. En somme, l'insoutenable légèreté de l'être, teintée de son vernis rassurant, l'insouciance, quand on a dix-sept ans.

De cette époque tant exaltée, rejaillit un bonheur douloureux, chargé d'une écume amère. Je ferme les yeux, et baisse la garde quelques secondes pour me laisser envahir par un flot de souvenirs évanouis. Je revois les couloirs de mon lycée que j'ai tant arpentés, ces pique-niques improvisés, à l'abri des salles de cours, et la tête de ce proviseur revêche qui ne supportait pas que profs et élèves puissent tisser autre chose que des liens d'inimitié. Je peux encore sentir cette odeur délicieusement surannée, un mélange de bois, de poussière et de craie, qui se mêlait à nos rêveries d'adolescents. Je ressens cette angoisse latente, les matins d'examens, qui nous étreignait avant la découverte des sujets. Cette peur viscérale ne m'a pas lâchée, revêtant à l'âge adulte une forme beaucoup plus insidieuse, le stress. J'entends encore cette dernière sonnerie, à la fois joyeuse et mélancolique, qui annonçait la fin des certitudes lycéennes et la plongée dans un monde inconnu.

Tout, dans ce cortège étrange de souvenirs évanescents, me ramène à toi. A l'heure des rires et des jeux qui fabriquent les souvenirs d'enfance, nous nous sommes croisées lors d'interminables repas de familles, dont l'intérêt des débats était inversement proportionnel à la joie de nous retrouver. Mais c'est à l'adolescence que nous nous sommes rencontrées, à l'âge où les jouets d'enfants cèdent la place aux classeurs de révision dans les chambres des petites filles modèles.

Nous fréquentions le même lycée, tu me devançais d'une classe, mais peu importait, deux fois par semaine, nous partagions les mêmes bancs, le temps d'un intermède commun, notre cours de latin. Avec une patience appliquée, nous nous efforcions de traduire ces textes d'une autre civilisation. Des vers bucoliques de Virgile aux joutes oratoires de Cicéron, nous avons découvert ce que le Carpe Diem d'Horace signifiait. Erigeant ce précepte romain en maxime de notre action, nous avons traversé l'adolescence, comme un navire traverse les ondes tumultueuses, gardant le cap de nos espérances, de nos illusions et de nos désirs. D'Horace à Epicure il n'y avait qu'un pas que franchissait aisément notre professeur de philo. Assises dans l'herbe, nous nous délections, chacune notre tour, des paroles du maître qui faisait revivre, le temps d'un cours, le *Jardin* du vieux sage grec. Vibrant à l'unisson pour cette pensée nouvelle qui nous rendait libres, nous nous retrouvions après les cours pour refaire le monde. Je me souviens de nos conversations pétillantes qui comblaient le vide de nos longues journées d'été. La fraîcheur d'un bois ou la quiétude d'un étang, peu importait le décor du moment que nous nous évadions. Durant ces parenthèses enchantées, la bataille des idées faisait rage. Grisées par nos convictions, nous avions l'habitude de nous livrer à de joyeuses chamailleries, sur fond de débat sur le désir, le temps et la mort. Nos différences nourrissaient nos délicieuses querelles. Scientifique émérite, tu maniais les formules chimiques avec une agilité fascinante. Littéraire enragée, je préférais jongler avec les mots et les subtilités du langage. A chacune ses idoles. Tu me citais Epictète et Nietzsche, je t'opposais Platon et Arendt. Tu étais Rousseau, j'incarnais Voltaire, sa plume frondeuse, farouche, éprise de liberté. Tu plaidais la cause du jeune Sartre et de son cynisme désabusé dans *Les Mots* lorsque je défendais avec fougue l'idéalisme éhonté du jeune Hugo dans *Les Mains sales*. Au-delà des dissonances philosophiques, nos caractères s'affrontaient. La force du glacier face à la fougue du volcan. Discrète et solitaire, tu préférais la froideur rassurante de l'ombre lorsque j'osais la lumière, propulsée sur le devant de la scène à la faveur des concours d'orthographe que je briguais. Tu excellais entre les murs de ton laboratoire, appliquée à composer de savants herbiers, j'étais la coqueluche des médias locaux qui épiaient le moindre prix que je remportais. Tu m'enviais. Je t'admirais. Jusque dans les tenues que tu portais, ta vie ressemblait à un film de Capra, en noir et blanc, lorsque je composais la mienne sur une partition d'Almodóvar. Ta peur de l'échec te poussait à cultiver un défaitisme exacerbé qui contrastait avec mon optimisme maladif.

Nos personnalités creusaient un fossé qui aurait pu nous séparer. Et pourtant, nous entremêlions nos désirs sur l'écheveau de notre amitié. Nos rêves nous réconciliaient, forgeant le creuset de notre complicité.

Nos rêves de carrière, toi docteur en pharmacie, moi haut-fonctionnaire.

Nos rêves d'évasion. Rompre avec la torpeur d'une ruralité oppressante, où les regards inquisiteurs dissèquent avec obscénité la moindre parcelle de votre existence. Plonger dans l'effervescence citadine, où la jalousie des voisins laisse la place à l'anonymat émancipateur de la ville.

Nos rêves d'indépendance. Fuir les sillons si douillets que d'autres avaient creusés pour nous. Maladroitement, avec une résignation teintée d'habitude. Sortir des sentiers battus qui perpétuaient la ronde des existences prévisibles. Liberté, nous écrivions ton nom. Patiemment, effrontément. Nous avons grandi dans une campagne rongée par des traditions féroces, où il fallait se battre pour étudier. Captives d'un huis-clos rural où la condition féminine n'était qu'un détail. Derrière le vernis bucolique, un dédain larvé contre les intellectuels, cette forme d'hérésie proscrite par le culte du travail manuel. Et nous avons mené ce combat ensemble, nageant à contre-courant dans l'écume des préjugés. A coup de livres et de mérite, nous avons persévéré, arrachant le voile d'opprobre qui entourait nos études jusqu'à conquérir la reconnaissance de notre travail. A peine cette bataille remportée qu'un autre front s'ouvrait, une autre fronde à mener.

« *On a tous dans l'cœur un petit lycée oublié …* ». Sur un air de Voulzy, nous bravions le couperet budgétaire de l'autorité académique. « *Ave rectrix, morituri te salutant* ». Dans l'arène impitoyable de l'Education Nationale, nos banderoles lançaient des diatribes contre une efficience aveugle qui crevait nos rêves et anéantissait notre soif de connaissance. Des semaines de piquets de grève acharnés, de slogans vociférés à s'époumoner et de pamphlets déclamés sous les fenêtres du Sous-Préfet. Toute une jeunesse révoltée, unie dans la même revendication : le droit à l'éducation, pour que ce bien commun ne devienne pas l'apanage d'une élite citadine. A deux semaines du baccalauréat, la sentence académique était tombée, notre lycée était sauvé, une survie en sursis, dans l'attente de nouveaux assauts.

Si nos existences adolescentes retentissaient au rythme de ces vibrations rebelles, si cette quête de justice enflammait nos esprits lycéens résolument athées, une autre recherche nous rassemblait, viscérale, chevillée au corps : le culte de la performance.
Deux filles si sages, trop occupées à écrire leur avenir au fil de leurs copies studieuses. Eprises d'une seule certitude, on ne naît pas brillante, on le devient, à la force du mérite. On peut être trop sérieuse quand on a dix-sept ans. Travailler de manière acharnée, véritables esclaves de nos études, pour atteindre l'excellence. Travailler seules, enfermées, coupées de l'insouciance de la jeunesse, et des rayons du soleil qui viennent narguer les élèves trop studieux à l'heure des révisions. Travailler envers et contre tous, au prix de n'importe quel effort, pour soi, pour l'estime de soi, au-delà de celle des autres, pour se dépasser, jusqu'à l'épuisement, voire une certaine forme d'aliénation, pour atteindre le Graal que seuls ceux qui ont sacrifié l'éclat de leur jeunesse sur l'autel des études peuvent connaître : la

satisfaction suprême d'avoir bousculé l'ordre des choses, d'avoir mis un petit grain de sable dans l'engrenage si bien huilé de la reproduction sociale, le plaisir intime d'avoir déboulé, comme des chiots enragés, dans le jeu de quilles implacablement installé des Héritiers. Et la jouissance de savourer ce délice transgressif, une fois la réussite âprement conquise. Mais le succès, même mérité, ne laisse pas indemne car l'excellence est une exigence diffuse qui marque les êtres au fer rouge, s'insinue et s'infuse dans le moindre interstice, comme une gangrène rongeant sournoisement, une proie facile, la vie privée.

Ces assauts insidieux se manifestent par le désir de tout maîtriser : le cours de notre existence, notre propre corps jusqu'aux êtres qui nous entourent, avec le désir inavoué de les façonner à l'image de nos rêves et de nos idées.
Deux consciences trop prudentes, trop vigilantes, trop raisonnables unies par le même désir de maîtriser leur vie. Réduire les incertitudes coûte que coûte, rendre le cours des choses prévisibles, ne faire confiance qu'à soi-même pour tout anticiper, planifier, diriger et finalement se rassurer. Toujours tout calculer minutieusement, en courant après le temps, tout penser, tout organiser, puisque

c'est ce qu'attendent les autres de vous, ces autres qui se reposent sur vous en permanence, résignés à l'idée de mal faire, découragés face à tant d'exigence mais aussi, par une habitude au goût de lâcheté sans doute, comptant sur cette locomotive invisible, toujours mobilisée pour tirer avec allant une horde de wagons indociles.

De loin, cet art de tout maîtriser paraît commode, du gagnant – gagnant en somme. Mais si on y regarde de plus près, il s'agit d'une qualité diabolique qui ferme la porte à l'inconnu, à l'ivresse de l'imprévu pour vous emprisonner dans une existence lisse sans relief, sans sel, et vous faire perdre le sommeil en infinies conjectures. Si l'on n'y prend pas garde, cette obsession de tout contrôler, d'être exemplaire en toute circonstance, d'être toujours à la hauteur, sans avoir le droit à l'erreur, cette peur maladive de l'échec en somme, peut entraîner n'importe quel homme, sinon dans le précipice, du moins dans l'antichambre de la folie.

Heureusement, parce que c'était toi, parce que c'était moi, nous avons partagé nos doutes, nos névroses, nos découragements et nos petits bonheurs aussi, pour aller au bout de nos rêves. Ecartelées entre nos racines rurales et nos ailes urbaines, nous sommes devenues des déracinées, ni d'ici, ni d'ailleurs, reniées par une campagne engourdie, pour qui l'évasion est une trahison, et encore ignorées par une ville bourgeoise, opérant une autre forme de sélection. Unies par notre amour des belles lettres, abritées derrière la prose de nos idoles, Hugo et Barjavel pour toi, Maupassant et Yourcenar pour moi, nous avons tissé autour de nous un rempart imprenable, à la force de nos mots et de nos illusions, pour affronter cette vie qui n'était plus un songe mais une compétition.

Durant ces années tumultueuses, chahutées par des courants contraires, nous nous sommes soutenues et débattues, avons résisté et survécu pour tenter de nous accomplir et faire de nos vies ordinaires, des échappées extraordinaires.

Et puis est venu le temps des premières amours, des premiers émois, empreints de toute la fébrilité adolescente. Fidèle confidente, tu m'écoutais, avec un silence que toi seule savais ponctuer de mots complices et bienveillants. Allongées dans l'herbe humide, nous contemplions les nuages qui se métamorphosaient au gré de notre imagination. Nous rêvions toutes les deux de Princes

Charmants sans chevaux blancs ; pas de naïveté, ni d'angélisme mais pas encore de cynisme, juste des rêves qui n'avaient pas encore été écornés. Nos princes charmants étaient différents. Leonardo dans son bateau qui coule, et son avatar Bastoche, le menuisier pour moi, et pour toi, le jeune et troublant Will, génie des mathématiques qui s'ignore …

Un tracteur me dépasse et klaxonne le facteur qui descend la petite route serpentant au milieu des châtaigniers. Je sursaute, arrachée à ma torpeur. Cela fait plus d'une demi-heure que j'attends, me laissant aller au gré de mes pensées. Dehors, la pluie a cessé. L'orage s'éloigne, le tonnerre n'est plus qu'un lointain murmure, laissant place à un soleil taquin qui darde ses rayons pleins de promesse sur une campagne frissonnante, baignée de reflets orangés. Je m'étire, engourdie par mes rêveries. J'attrape mon sac et sors de ma Fiat 500. J'ai l'impression de tituber, grisée par tant de souvenirs. Dehors, l'air est lourd, saturé des effluves si particuliers de la terre après l'orage.

Je pousse le portail en fer gris et remonte l'allée en gravier. Autour de moi, le silence. Seuls mes pas hésitants, crissant sur le gravier, parviennent à briser la quiétude de ce matin d'été. Puis soudain, je t'aperçois, entre les roses blanches fanées et les lys à peine éclos. Tu es là, pour notre rendez-vous, et comme d'habitude, tu me souris. Tu me souris avec cette expression mélancolique qui m'a toujours troublée, cette tristesse à peine voilée qui transparaît derrière tes yeux verts. Ce regard qui me dévisage, comme s'il était figé, pour l'éternité.

J'ai du mal à m'habituer à ce sourire, comme j'ai du mal à m'habituer à cet endroit. Le vertige de l'absence et cet insupportable silence. Cinq ans déjà.

Cinq ans que je viens ici deux fois par an, dans ce petit cimetière au sommet d'une colline, ouvert à tous les vents, pour te faire partager ma vie alors que la tienne s'est arrêtée, comme ça, sans crier gare, comme un couperet. Cinq ans que j'ai besoin de te parler, de te voir, de reprendre le fil de notre amitié, et que les paroles de mon pitoyable monologue s'envolent avec le vent, puisque tu n'es plus là pour me répondre.

La première fois que j'ai aperçu ton sourire sur le médaillon en marbre, j'ai fondu en sanglots. Deux dates, 1986 – 2010, et une réalité, froide, crue, intolérable, à laquelle il n'était plus possible d'échapper. Plus de déni possible. Pas de retour en arrière. Tu es morte. Décédée. Enterrée.

A la campagne, les jeunes ne brûlent pas de voitures et meurent en silence. Certains tentent d'être heureux, d'un bonheur simple, ordinaire, qui ne fait pas la une des journaux, et d'autres vivent, meurent et ne sont jamais heureux. Au volant de ta petite 106, tu ne demandais rien à personne, tu cheminais tranquillement sur la route que tu avais patiemment tracée, jusqu'à ce qu'un caillot dans ta jambe vienne noyer tes rêves, tes désirs et tes poumons qui n'aspiraient qu'à étreindre cette vie qui t'attendait.

Et toujours ce silence indécent, injuste, révoltant. Le jour de ton décès, les journaux parlaient des commémorations du 8 mai, de la pluie et du beau temps, des bouchons sur la route d'un weekend prolongé entre deux chroniques de chiens écrasés. Et rien, rien sur le drame que nous vivions, rien sur le désert médical qui t'avait tuée, rien sur la colère que nous ressentions et qui nous déchirait les entrailles. Ce jour-là, dans la petite église en granit, Muse hurlait « *Apocalypse Please* », « *Butterflies and Hurricanes* » et « *Resistance* », comme pour conjurer cette journée funeste et ces larmes à n'en plus finir, et ce sentiment d'infinie tristesse qui mordait tout notre être.

Voilà ce qu'il reste de nous. Un torrent de fleurs que nous n'avons jamais pris la peine de t'offrir lorsque tu embrassais la vie, une poignée de parents et d'amis et une boîte en chêne, qui ne s'ouvrira plus jamais. Et des vivants cabossés pour l'éternité.

On apprend beaucoup de choses dans la vie : à lire, à nager, à conduire, à aimer, mais on n'apprend pas à oublier. Il n'y a pas de manuels pour cela. A vingt ans, on ne songe pas à la mort. La mort est le lot de ces ombres poivre et sel qui vacillent sur les bancs de sordides hospices, attendant avec fatalité que le rideau tombe définitivement. A vingt ans, la mort n'est pas une affaire sérieuse. On badine avec cette menace abstraite, lointaine qu'on ignore superbement, abrités dans l'insouciance invincible de notre jeunesse toute-puissante.

A vingt ans, la mort est à la vie ce que les exclus sont à la société, on les regarde sans les voir, on détourne le regard avec indifférence, comme si cette imposture rassurante pouvait suffire à dissiper cette vérité dérangeante et entretenir l'illusoire quiétude de nos existences.

Mais toutes nos certitudes philosophiques se fracassent devant la réalité d'un vertige qui nous dépasse. Tout est pulvérisé, balayé, ravagé. Nos rêves, nos illusions d'enfants. Une vérité nue éclate à la surface des choses avec une rage inouïe.

Alors, on compose, on refoule, on improvise, on se bricole un masque émotionnel pour ne pas s'effondrer. Chacun fait comme il peut, comme un acteur maladroit sur la scène de la vie. On maquille ses blessures avec des sourires de pacotille, on revêt les costumes, les masques que les autres attendent de nous, pour donner le change et ne pas s'écrouler. Sauver les apparences pour ne pas sombrer. Et fuir la double peine, à tout prix, la spirale infernale, celle de la solitude et de l'isolement, car la tolérance des hommes vis-à-vis du malheur des autres n'est que passagère.

Une compassion de rigueur, de courte durée, une distraction presque nécessaire pour se rassurer, se replier sur son petit jardin et apprécier à sa juste valeur le bonheur ordinaire d'une existence sans nuages. Mais lorsque la douleur s'attarde, se déverse et s'installe, sous la forme d'un cafard aussi naturel que morbide, la pitié des vivants s'émousse, laissant d'abord place au malaise, puis à l'agacement. Dans une société où l'injonction au bonheur est permanente, la mélancolie n'a pas droit de cité, reléguée au rang de désir banni, maudit, pestiféré. Troublants, indécents, le chagrin et la peine des autres deviennent vite pour les vivants difficilement soutenables car ils menacent de corrompre l'équilibre d'un bonheur artificiel, l'œuvre de toute une vie, fragile et égoïste. Alors, une fois les morts enterrés, les vivants se protègent, évitent de prononcer leur nom comme si le malheur était contagieux, et que le silence pouvait suffire à effacer le drame, à le faire disparaître, comme on efface le tableau noir dans une classe d'école.

Il faut donc faire son deuil seul, discrètement, et le plus vite possible, pour ne pas subir l'ostracisme d'une société qui voue un culte au bonheur. Se faire oublier pour la préservation de l'intérêt général, de l'ordre des choses car la mort ne fait pas vendre dans une société de consommation.

Mais la peine ne s'efface pas. La douleur devient seulement plus diffuse, plus discrète mais plus sournoise aussi. On construit des digues de fortune pour refouler des larmes qui coulent de moins en moins, en apparence tout du moins. Mais la douleur reste là. Tapie dans l'ombre, derrière une cicatrice trop fragile, guettant la moindre faille pour ressurgir, pour percer la surface, sans crier gare. Une chaise vide, une absence sur une photo, un visage qui te ressemble ou une simple mélodie suffisent à raviver un torrent d'émotions que l'on croyait tari.

Cette année-là, une chanson de Zoé Avril passait à la radio, avec une mélodie enfantine, qui invitait à la fredonner : *« On ne changera pas le monde, maman, et on ne changera pas les gens. On ne changera pas le monde, maman, ça ne passera pas avec le temps. On ne changera pas le monde, maman, et on ne changera pas les gens. On ne changera pas le monde, maman, faut vivre avec tout simplement ».*

Vivre avec tout simplement, accepter que les choses arrivent telles qu'elles arrivent et non pas telles qu'on les avait imaginées, en apprenti sorcier, c'était peut-être cela la clé. Plus facile à dire, à écrire, qu'à appliquer. Du moins, j'essayerai d'y penser.

Car la vie reprend son cours, le spectacle continue, nécessairement, prodigieusement. Au début, les moments de joies ne pétillent plus, comme s'ils avaient perdu cette lueur, cette étincelle, comme si un voile invisible les recouvrait. Et puis au fil du temps, ce vernis terne s'envole, pour laisser éclater l'intensité radieuse de nouveaux plaisirs, de nouveaux projets.

Aujourd'hui, je n'ai pas apporté de fleurs, mais un livre, ton livre. Après les larmes, j'ai laissé couler l'encre, comme on laisse couler ses pensées, comme ça, en vrac, sans réfléchir, sans les maîtriser. Comme une écriture automatique. Il m'a fallu du temps, cinq ans. Plus qu'un besoin, une envie irrésistible, une envie furieuse. Se retrouver seule, arrêter cette course effrénée, prendre le temps de se poser, de prendre le temps, et de lâcher prise, enfin.

C'est ton histoire, notre histoire, une histoire sans point final, à l'image de la nôtre, inachevée. Sabotée par des terroristes en cols blancs qui ne parlent que d'efficience. Mais ce n'est pas une histoire triste. C'est une histoire ordinaire, une histoire d'amitié, profonde et sincère, au-delà des liens du sang, faite de tendres souvenirs, de confidences moelleuses comme autant de madeleines de Proust. C'est une histoire d'espoir, de rêves et de désirs, belle comme la vie, parce que la vie existe et que nous sommes ici pour y apporter notre rime, *ô Capitaine, mon Capitaine*.

C'est curieux la vie, curieux et cruellement ironique aussi. Tu me dépassais d'une courte année et aujourd'hui, je suis plus vieille que toi, quatre ans de plus, comme si nous avions défié le temps. Tu resteras jeune éternellement et moi, je commence déjà à avoir mes premiers cheveux blancs. Je vais vieillir sans toi à mes côtés, pour m'écouter et me rassurer face à mes doutes, mes choix.

Il y a tant de choses que j'aurais aimé partager, vivre avec toi. Tant de choses que je suis obligée de conjuguer au conditionnel passé, ce temps que je déteste, qui se morfond et se complaît dans des regrets stériles, qui ne font pas avancer. Tant de choses qui se sont bousculées ces dernières années, dans ma vie, dans le monde. Tant de choses qui ont profondément changé tout en restant si étrangement semblables. La persistance de la mémoire, la permanence du changement sans doute. Tant de choses à te raconter. Ces villes qui nous faisaient rêver et que j'ai arpentées depuis : Rome, Prague, Séville, Bruges, du charme et des secrets, chacune à leur manière. Ces livres qui auraient aiguisé ta curiosité et que tu aurais dévorés, d'un seul trait, par jeu, pour le plaisir : Jean Teulé, Tatiana de Rosnay, Michel Bussi et les autres. Ce progrès à la dérive qui t'aurait fait enrager : des ados aux pouces frénétiques pianotant sur des téléphones dont la soi-disant intelligence est inversement proportionnelle au pouvoir de les rendre idiots, à ces réseaux qui n'ont de sociaux que le nom, déshumanisant, voyeurs et sournois, la spontanéité de l'amitié, exhibant la vie privée dans une cage virtuelle comme un phénomène de foire narcissique qui n'a plus de limite. Et toutes ces actualités que tu aurais picorées et commentées avec cynisme et désinvolture. Les tumultes printaniers d'une révolution du jasmin qui s'est essoufflée. Ces tyrans traqués, renversés, remplacés par d'autres, pire encore. Ces jeunes fanatiques, aveuglés par l'ignorance, qui tuent au nom de dieux qui n'existent pas.

Et puis le massacre de trop. La liberté d'expression assassinée à coup de kalachnikovs. Voltaire piétiné, et avec lui, cette lumière vitale, celle d'un autre siècle qui avait fait souffler un vent de liberté, capable d'éclairer, de la force de ses idéaux, les générations à venir. Et tout un peuple qui se réveille, un certain dimanche de janvier, pour marcher comme un seul homme, dans la même direction, sans trembler, vers ce soleil flamboyant qui a éclaboussé cette foule debout, solidaire et sans âge, dignement rassemblée dans le même élan pour la tolérance. Il fallait être là, pour vivre ce moment. Les mots ne suffisent pas à décrire les émotions qui nous ont tiraillés ce jour-là. La liberté guidant le peuple arrachée des livres d'histoire.

Et ce silence assourdissant d'une foule éblouissante qui avançait dans la lumière. Un frisson radieux d'une intensité inouïe, qui vous prenait aux tripes. Et cette envie de pleurer, d'abord des larmes lasses, mouillées, de dégoût et de révolte, mais une fois passées la stupeur et l'indignation, des larmes de soulagement, emplies de la fierté d'appartenir à ce peuple uni qui s'est levé, n'a pas cédé et a écrit ton nom, liberté, défiant les bourreaux qui t'avaient menacée …

Le cri déchirant d'un coq bravant la langueur de ce matin d'été me tire subitement de mon songe éveillé. Tu es là devant moi et tu me souris. Et je me sens bien. Je ferme les yeux.

Aujourd'hui, je suis venue pour te glisser à l'oreille une confidence heureuse, légère et frémissante, comme la fin d'une longue convalescence, laissant entrevoir les prémisses d'un bonheur qui ne se sent plus coupable pour éclater.

Aujourd'hui, je me marie. J'épouse la vie d'un homme que je désire et que j'ai choisi, pour qu'elle devienne la nôtre.

Tendrement complices, vibrant au rythme de désirs partagés, nous allons unir nos rêves pour les fondre au sein d'une longue échappée commune. Une page blanche à conquérir, le petit frisson avant-coureur d'un nouvel envol, tout aussi inquiétant qu'exaltant. Une longue robe élégante, dans une calèche au cheval presque blanc, pour faire pétiller les yeux d'un prince plutôt charmant. Une parenthèse veloutée, pétillante, où le temps vacille, comme suspendu, pour figer chaque minute afin que la féérie de ce jour d'exception vienne par la suite enchanter les journées ordinaires. Entrelacer deux vies pour en ressortir grandis, la rumeur des contes de fée de notre enfance, interprétée sur une partition d'adultes, romantique mais plus lucide. Nous avons choisi des noces rebelles à notre image, une promesse d'engagement, laïque et sincère, avec Eluard pour témoin dans le jardin de George Sand. Il s'agit de s'aimer sans s'étouffer, se fondre sans se confondre, épris d'une seule certitude, la liberté, lumineuse, épanouie, entretenue par l'amour de deux êtres singuliers qui ne renoncent pas à ceux qu'ils sont.

Aujourd'hui, nous allons nous jurer de demeurer des « *aventuriers de la vie* ». Comme le contait Brel, nous allons nous promettre « *des rêves fous à n'en plus finir, et l'envie furieuse d'en réaliser quelques-uns »*. Nous allons nous promettre « *d'adorer le soleil sans jamais dénigrer les jours de pluie, car eux seuls donnent naissance aux arcs en ciel* ». S'ouvrir à l'inconnu, aux plaisirs improvisés, maladroits, imparfaits, et laisser simplement les choses venir comme elles viennent.

Aujourd'hui, tu es mon témoin. Fidèle, discrète, tu continues de vivre, de vibrer à l'intérieur de moi, guidant, à ta manière avec une bienveillance teintée d'exigence le moindre de mes choix. Et je n'ai pas le droit de te décevoir. Aujourd'hui, je te promets d'agripper la vie, d'en cueillir toutes les promesses, déclinant à l'envi la légèreté du précepte de nos dix-sept ans, notre Carpe Diem.
Je te promets de me dérober à ce bonheur sage, lisse, qui enveloppe de son voile rassurant, confinant à l'ennui, les existences trop raisonnables. Je te promets de ne pas vivre en apnée, de m'accrocher à mes désirs, avec passion et fureur, et d'empoigner les brins de folie qui font pétiller la vie. Je te promets de dévorer chaque instant avec la gourmandise d'une enfant, et de m'émerveiller de ces tout-petits riens, simples et quotidiens, qui font croustiller l'existence, comme lorsqu'on termine un bon livre en savourant ces quelques secondes en équilibre, volées à la

course du temps. Mais par-dessus tout, je te promets de continuer de rêver, d'écrire et surtout de vivre.

Lorsque j'ouvre de nouveau les yeux, je sens encore la tiède caresse du soleil d'été sur mes joues. Au loin, au-dessus de la brume qui court furtivement sur les prairies éveillées, j'aperçois l'aube d'un arc en ciel. Un léger souffle de vent purifie le ciel des derniers nuages importuns, seuls vestiges d'une ondée orageuse. Et la clarté matinale se mue en théâtre chatoyant ; un torrent de lumière empli de promesses éclabousse soudain la colline d'une lueur étincelante, ricochant avec malice sur mon ventre arrondi. Comme une évidence. Cette fois, c'est moi qui te souris. Il s'appellera Charlie.

Eloignez-vous de la bordure du quai

Ta-ta-ta-la. « *Mesdames, Messieurs, notre train TGV en provenance de Bordeaux Saint-Jean arrive en gare de Paris Montparnasse, terminus du train. Assurez-vous de n'avoir rien oublié à bord. Nous espérons que vous avez effectué un agréable voyage et vous souhaitons une bonne fin de journée.* »

Lucie ouvre un œil, puis deux. Sous son bras, elle tient fermement sa peluche Winnie l'Ourson, son petit compagnon tout doux, tout rond, tout mignon. Enveloppée dans le manteau de sa maman, elle ne bouge pas et prolonge ces instants moelleux, blottie dans ses bras rassurants, la tête appuyée contre son pull qui sent très bon, *La vie est belle* de Lancôme, un parfum aussi gourmand que sa maman. En face d'elle, une femme avec un ventre gros comme un ballon bouquine tranquillement et lui adresse un sourire débordant de tendresse, empreint d'envie de pouponner et d'impatience maternelle. Dans sa sacoche, elle a accouché d'un autre bébé, une lente gestation, presque deux ans. Son premier roman. Un livre sans images, avec pleins de mots serrés dedans, qui se dandinent en file indienne et racontent des histoires pour les grands. Pour l'instant, il n'appartient qu'à elle. Elle est fébrile à l'idée de l'exposer au monde. Une naissance médiatique, aussi désirée que redoutée. Cette jeune femme dégage une simplicité attachante qui donne envie de lui parler, de la découvrir, de l'aimer. Elle a beaucoup discuté avec la maman de Lucie durant le trajet. Elles ont parlé de pleins de choses sur les bébés et puis ont beaucoup rigolé. Déjà turbulent avant de débouler dans la vie, le petit Charlie s'est beaucoup agité et lui a donné pleins de coups de pieds, ce qui n'a pas beaucoup perturbé Lucie qui a été sage comme une poupée, inventant son petit monde en bidouillant ses jouets.

En face de Lucie, à côté de la dame gentille, une autre femme range son petit bazar, avec un air sévère et affairé. Très studieuse et concentrée, elle a pianoté sur son ordinateur, sans relever la tête de tout le trajet, compulsant frénétiquement des SMS sur son Iphone. Son téléphone n'a pas arrêté de vibrer pendant tout le voyage. Elle est sortie plusieurs fois dans le sas pour prendre des appels, agitée et anxieuse. Près de son téléphone portable, il y a un tas de papiers avec le logo de la République française et un billet pour un concert de rock, dans une salle de spectacle, Boulevard Voltaire. La maman de Lucie pense qu'elle doit avoir un travail important, peut-être à l'Elysée ou à Matignon. Avec son tailleur sombre et ses lunettes noires à grosses montures, elle n'a pas l'air commode. Elle ne doit pas aimer les enfants et fait un peu peur à Lucie. Elle lui a fait les gros yeux quand ses petites figurines Disney sont tombées à ses pieds et qu'elle s'est tortillée sous la table pour les ramasser.

Lucie trépigne déjà à l'idée de descendre du train et de visiter Paris, et toutes ces belles choses que sa maman lui a promis : ce joli palais avec pleins de tableaux et de momies, cette drôle de tour en fer qui donne le tournis et ce merveilleux château avec sa galerie pleine de glaces qui ne se mangent pas, et qui grouille de touristes à défaut de faire dormir des rois. Sa maman a réservé un appart'hôtel dans le quartier du Marais. *La petite fée*. Avec un nom pareil, Lucie s'attend à dormir dans l'univers enchanté des contes qui la font rêver. Excitée comme une puce à l'idée de faire l'école buissonnière, elle vit ce voyage comme une aventure et croque chaque détail avec ses yeux pour tout dessiner à sa maîtresse. Son ventre commence à gargouiller, elle a vraiment hâte d'arriver et commence à gigoter. Sa maman lui ébouriffe les cheveux et l'embrasse sur le front. Elle la redresse tout doucement, lui remet ses chaussures, tout en lui intimant, d'une voix soyeuse mais qui n'invite pas à la négociation, de ranger ses affaires dans sa petite valise Tigrou. Lucie s'exécute avec application, prend tout son temps, comptant minutieusement chacune de ses petites figurines, immobile et sage dans l'agitation du wagon.

Déjà, le train s'immobilise. Les voyageurs impatients se précipitent pour récupérer leurs bagages tandis que certains passagers hagards semblent flotter, renaissant paresseusement d'un troublant voyage intérieur.

Pendant quelques instants, le temps suspend sa course, comme un arrêt sur image. Lucie met son manteau, son écharpe, son bonnet à pompon, coince son Winnie sous son bras et serre fort contre elle sa petite valise orange qui contient tous ses trésors d'enfants. Sa maman échange ses coordonnées avec l'inconnue bienveillante au ventre prêt à éclater, tandis qu'elles se promettent de se rappeler. L'autre dame a déjà disparu dans le sas, sans même leur adresser un regard. Lucie l'aperçoit en se mettant sur la pointe des pieds. Elle regarde nerveusement sa montre et paraît contrariée. Et puis soudain, les portes s'ouvrent et régurgitent un déluge de voyageurs encombrants, jouant des coudes. Lucie suit sa maman de près. Portée par les autres passagers, ses pieds touchent à peine terre. A la descente du train, les marches sont un peu hautes et très loin du quai ; Lucie a un peu peur de tomber et surtout de lâcher son Winnie qui serait perdu à jamais. Devinant son inquiétude, l'inconnue, déjà sur le quai, la prend dans ses bras et la fait virevolter jusque sur la terre ferme. La maman de Lucie la remercie, échange un dernier mot avec elle avant de s'élancer dans la foule, Lucie sur ses talons, impressionnée par ces gens si nombreux, pressés et malpolis, qui la bousculent sans lui demander pardon. Un coup de sifflet retentit. *« Le train n°8802 en provenance de Nantes va entrer en gare, voie 8. Pour votre sécurité, veuillez-vous éloigner de la bordure du quai »*. De manière imperceptible mais décidée, la maman de Lucie et l'inconnue au manuscrit s'écartent subtilement du cœur de leur trajectoire commune, regagnant sagement leurs voies sur des rails parallèles, convenus quoiqu'incertains, reprenant leur voyage sur des territoires aux frontières précises et floues en attendant de ricocher sur le prochain aiguillage.

Ce jour-là, dans le wagon n°11, trois femmes ont traversé des heures banales, ces moments de vide, de rien, où il ne se passe pas grand-chose, mais qui vibrent dans les mémoires avec une force disproportionnée. C'est comme les pleins et les déliés. Comme si l'aventure avait besoin de ces moments de creux pour exister. Ce jour-là, dans le wagon n°11, des existences parallèles ont partagé un peu plus qu'un carré TGV. Une complicité feutrée, intime, passagère comme une digression immobile dans un voyage impétueux. Comme leurs genoux, leurs histoires se sont frôlées, observées, racontées, laissé apprivoiser, à livre ouvert ou plus sauvages, donnant simplement à rêver, à imaginer, à deviner, derrière une indifférence maîtrisée. Ce jour-là, dans le wagon n°11, trois femmes ont vécu un moment identique dans la course de leur vie unique sans y laisser de traces, à part les vestiges d'un petit déjeuner et quelques papiers, une empreinte éphémère, comme les débris mêlés d'écumes déposés sur la laisse de haute mer, sitôt effacés par la prochaine marée.

L'instant d'après, l'une d'elle se faufilera dans une voiture avec chauffeur, en direction du Faubourg Saint-Honoré, pour remettre un rapport stratégique pour l'avenir de la nation à une éminence grise désabusée, passée maître dans l'art de l'escamotage. Elle le jugera férocement sans le lire, tout en s'arrogeant quelques idées brillamment dénaturées pour les instiller dans l'esprit d'un Président qui, au réveil, pensera nécessairement qu'elles viennent de lui.

L'inconnue à la sacoche pleine de rêves se rendra en taxi dans le 11ème, pour un déjeuner littéraire improvisé par son futur éditeur. Tiraillée entre le frisson de la première fois, la peur, et ce sentiment d'apesanteur, elle l'attendra sur la terrasse de *La Belle équipe*, un bistrot aux allures de promesses pour une première rencontre. Ivre d'un bonheur qui semble tout à côté, elle fermera les yeux pour s'abandonner à la caresse onctueuse d'un soleil têtu. Un moment de grâce, fugace, suspendu. Comme si ses pensées s'enrayaient, divaguaient avec frivolité au-dessus de la ville. Le temps d'une respiration, elle s'étourdira, arrachée au rythme sourd de la vie, fendant l'espace à coup de mouvements de brasse rageurs pour contempler, tel un oiseau nageur, le monde d'un peu plus haut. Des minutes surréalistes, comme si les montres ramollissaient et que le temps lui-même avait décidé de fondre.

La petite Lucie trottinera à côté de sa maman. Elle empruntera le grand tapis roulant qui ressemble à un manège immobile. Autour d'elle, la vie défilera sans soubresaut, facilement, amortie par l'imagination de ses six ans où tout reste à inventer. Au bout du tapis roulant, emportée par son élan, Lucie trébuchera et manquera de tomber, avant d'être avalée par l'indifférence moite et pressée des couloirs sales et carrelés du dédale de la RATP. Intimidée par tous ces pauvres hères couchés qu'il faut enjamber pour passer, Lucie sursautera quand la rame de métro arrivera et fera le reste du voyage en apnée, le nez dans son écharpe, serrant fort sa peluche contre son cœur comme pour la protéger des relents nauséabonds de ce monde souterrain et des regards patibulaires, désincarnés, à force d'habitude lasse. Et puis, au bout des escaliers qui lui feront mal aux pieds, la lumière du jour la giflera de toute l'intensité d'une caresse un peu vive. Elle s'immobilisera quelques instants, fermant les yeux, titubant presque, ivre de cette lumière inattendue. Au loin, sur la façade d'une pharmacie, elle apprivoisera comme une grande les caractères rouges qui danseront par intermittence sur l'enseigne. 9h34. 13 novembre 2015.

Sautillant gaiement pour rattraper sa maman, elle bondira avec légèreté dans ce matin d'automne insouciant pour embrasser la vie qui s'étalera loin devant, crépitant d'illusions farouchement accrochées à ses rêves d'enfants.

Le manège des coccinelles

Ce jour-là, Augustine ne travaillait pas. Elle sortait de la période de rentrée, la préparation budgétaire, les évaluations professionnelles. Elle voulait juste souffler. Juste une journée. 24 heures sans mails intempestifs, sans appels, déconnectée du monde. Son mari était en déplacement. Elle était seule à la maison. Une journée paresseuse pour prendre du temps pour elle. Lire, écrire, rêver.

Elle n'avait rien prévu de spécial, à part peut-être un gommage dans la matinée pour sentir bon et avoir la peau douce. Elle se promènerait ensuite en peignoir toute la journée, glissant du canapé au lit, et du lit au canapé, pour laisser son esprit vagabonder, jusqu'au dîner, sur la balancelle du jardin. Une journée pour elle, sans rôle ni costume, sans partition, blottie dans sa zone de confort. Son cocon. Sa maison. Le creuset de ses rêves d'enfance.

Une chartreuse en pierre blanche dans les Landes Girondines.

A peine avait-elle fait quelques pas sur les carreaux de ciment de l'entrée qu'Augustine s'était laissé ravir par le parfum d'éternité qui flottait dans cette demeure endormie. Elle n'attendait qu'une seule chose : être réenchantée. Et avec son mari, ils s'étaient échinés à la réveiller. Tout y était passé. Les sols, les plafonds, les parquets. Ils n'avaient pas ménagé leur peine, s'étaient retroussés les manches jusqu'à ce que les travaux deviennent la seule occupation de leurs weekends. Une obsession : marquer de leur empreinte cette maison. Pendant des mois, ils avaient enfilé leurs tenues de combat, salopette et bleu de travail, pour poncer, décaper, récurer, déblayer, charrier des gravats, de la poussière, étayer, encoller, réchampir, maroufler. Etonnamment, Augustine avait voulu commencer par le grenier. Un double grenier, avec une échelle de meunier pour accéder au deuxième niveau. Elle souhaitait y installer son atelier d'écriture, son antre, pour conjurer le passé.
Augustine avait grandi avec la peur des greniers, sans parents pour la rassurer. Enfant, elle n'avait pas peur du

noir, ni du grand méchant loup mais elle craignait plus que tout les greniers. Ces monstres cruels qui avaient avalé ses parents, sans crier gare, par un belle après-midi de juin.

Augustine avait quatre ans, elle jouait dans le premier grenier avec ses poupées, sous l'œil bienveillant de leur berger allemand qui veillait sur elle entre deux siestes bienheureuses. Ses parents charroyaient des sacs de blé pour les entasser dans le deuxième grenier. D'un pas alerte, ils faisaient les allers-retours entre la grange et le deuxième grenier, avec une dernière acrobatie sur l'échelle de meunier pour décharger leur fardeau et, sitôt allégés, reprenaient leur labeur de plus belle. Leur manège durait depuis plusieurs heures, ils étaient heureux et sifflotaient. En milieu d'après-midi, le chien avait commencé à s'agiter de manière curieuse, aboyant à pleins poumons comme si sa vie en dépendait. A la demande de ses parents, Augustine était redescendue avec le chien dans la maison. Dans les escaliers, l'animal bondissait furieusement, ivre de panique, comme si une menace invisible l'étreignait. Augustine courait aussi vite que ses petites jambes le lui permettaient mais ne parvenait pas à le rattraper. L'animal fuyait, étranglé par la peur. Il avait jailli dans la cour, sauté par-dessus la barrière pour finir sa course de l'autre côté de la route, dans le champ, au pied du vieux chêne. Les poils hérissés, il s'était posté là, immobile, aiguillé par l'instinct, comme s'il attendait quelque chose. Augustine l'avait appelé mais en vain, l'animal ne daignait pas bouger. La petite fille avait alors rejoint sa grand-mère dans la cuisine pour l'aider à préparer une tarte aux pommes. Elle savait que les surplus de pâte seraient pour elle. Sa grand-mère les roulait à part dans une toute petite tôle en fer. Elle les laissait dorer quelques minutes au four puis les tendait à sa petite-fille qui fondait de plaisir en dégustant cette gourmandise. Les « croûtous » comme elle disait. Suranné et exquis, le goût de l'enfance et de l'insouciance.

Ce jour-là, lorsque la comtoise du salon sonna quatre heures, ce ne fut pas le son de la pendule qui résonna dans la ferme mais un fracas épouvantable qui fit trembler les murs de la bâtisse en granit. Le deuxième grenier venait de s'effondrer, ensevelissant les parents d'Augustine dans un cercueil de poutres et de gravats. Alertés par le bruit assourdissant et le nuage de poussière funeste qui se propageait dans tout le village, les voisins accoururent aussitôt pour déblayer. Mais les parents d'Augustine avaient cessé de respirer. Ce jour-là, pour la première fois,

Augustine vit sa grand-mère pleurer, des larmes presque immobiles, figées, comme si la peine était trop sèche, trop brutale pour ruisseler. Pendant des années, les deux femmes se blottirent l'une contre l'autre pour ne pas tomber, se relever et apprivoiser leur chagrin. La vieille femme fit de son mieux pour élever Augustine, la choyer malgré l'absence, le manque et le sentiment d'un bonheur en équilibre. Et puis un jour, à son tour, elle s'endormit pour de bon, pour ne plus jamais se réveiller. La dernière béquille d'Augustine venait d'être soufflée. Après les poutres et les pierres, c'était toute son enfance qui s'effondrait, et avec elle, un affaissement de ses rêves. Et Augustine n'avait eu d'autre choix que de s'aventurer seule, à tâtons, sur le chemin de la vie, avec pour seul bagage une fureur de vivre, un peu hagarde et cabossée.

Aujourd'hui, Augustine n'avait plus peur des greniers. Elle était même très fière de l'atelier d'écriture qu'elle y avait créé. Un boudoir feutré, aux couleurs pastel et à la décoration scandinave. Niché à la pointe de la chartreuse, c'était un endroit rêvé pour s'envoler vers les recoins les plus profonds de son imagination. Une promesse d'élévation, comme si Augustine pouvait embrasser ses souvenirs et en même temps survoler les pensées de la maison.

Après le grenier, les jeunes arpètes avaient poursuivi leurs travaux dans les autres pièces de la maison. Peu à peu, la maison reprenait vie, retrouvait des couleurs. Les échos fondaient à mesure que les meubles s'imposaient. Un intérieur sobre et épuré, avec juste quelques touches de couleur pour que la joie de vivre se faufile, comme dans une aquarelle de Cinquin.

Le soir, ils dînaient aux chandelles sur des tréteaux et installaient leur couchage de fortune à même le sol, sur un matelas qui dérivait au gré des pièces rénovées.

Un jour, en démolissant une cloison dans l'une des chambres, ils étaient tombés par hasard sur un petit placard qui avait été condamné par les précédents occupants des lieux. Ils l'avaient ouvert, le cœur battant, espérant peut-être secrètement y dénicher un trésor. Il était vide, à l'exception d'une photo en noir et blanc, cornée et jaunie, qui avait été punaisée sur le mur du fond. On reconnaissait le grand cèdre devant la maison. Une femme brune aux cheveux longs poussait deux jumeaux sur une balancelle en fer blanc. Son regard était songeur, flottant, engloutissant l'infini. Augustine avait décroché la photo et l'avait conservée soigneusement dans l'un des tiroirs de son bureau. Elle était le vestige d'un instant de vie capturé à l'improviste, la trace d'un bonheur enfin palpable, cueilli ici, comme une possibilité enfin envisageable, à portée de main.

Une fois l'intérieur apprivoisé, ils s'étaient attaqués au jardin. Un jardin en terrasses qui coulait tranquillement jusqu'au Ciron où les canoës s'égrenaient dès que le printemps frémissait. Patients et acharnés, ils avaient imaginé l'extérieur de leur maison comme une invitation au voyage. Un tableau à plusieurs pinceaux qu'ils auraient peint au gré de leurs périples, comme une carte postale immobile pour continuer de voyager une fois rentrés. Par ici, une fenêtre ouverte sur la palette de Cézanne, avec des murets en pierre blanche, des cyprès, de la rocaille, des lauriers-roses, des oliviers, des bougainvillées. Par-là, l'impression soleil levant avec des bambous, des érables, un pont enjambant un bassin près d'une pagode rouge incendie miniaturisée, des camélias, des buis impeccablement ciselés, des galets blancs et anthracites disciplinés encadrant un imposant Moaï. Et près de la terrasse, la touche exotique, comme une réminiscence du jardin des Pamplemousses, avec des palmiers, des bananiers, des hibiscus pour prolonger leur lune de miel dans l'archipel des Mascareignes, après des noces rebelles sans chapelle ni curé.

Au bord de la rivière, ils avaient planté un verger. Augustine en avait toujours rêvé ; elle adorait la délicatesse des pétales roses qui voltigeaient au printemps comme la promesse d'une vie légère.

Après neuf mois de labeur forcené pour accoucher d'une maison qu'ils avaient inventée et qu'ils aimaient, ils avaient succombé à une petite folie. Ils s'étaient offert un jacuzzi qu'ils avaient installé à l'abri des regards indiscrets.

La veille de la pendaison de crémaillère, une fois la maison apprêtée pour les invités, ils s'étaient prélassés un long moment dans leur bain bouillonnant. Puis, ils avaient dégusté une bouteille de Tariquet. La première gorgée fut la meilleure de leur vie. Fourbus mais ravis, ils étaient allés au bout de leur rêve et savouraient ce moment d'éternité.

Augustine somnolait lorsque la sonnerie de l'entrée retentit dans ses rêves avec fracas. Elle n'attendait personne ce jour-là. Et pourtant, on récidivait ; c'était la deuxième fois de la journée qu'elle était dérangée. Ce matin, le facteur avait sonné alors qu'elle était dans son bain pour un recommandé. Elle était sortie à contrecœur pour le récupérer. Le facteur, en guise de remerciements, lui avait glissé sous le bras toute une pile de lettres et de publicités. Dans ce fatras de courriers, elle avait repéré celui qui l'intéressait. Le logo bleu de son laboratoire d'analyses médicales. Comme tous les mois, Augustine attendait avec fébrilité les résultats de sa prise de sang. Depuis plus de deux ans, elle essayait, avec son mari, d'avoir un enfant. Au début, elle avait accepté l'idée pour faire plaisir à son mari. Elle n'en ressentait pas le désir, ni le besoin, ni l'instinct. Sa vie de couple lui suffisait. Et puis, au fur et à mesure des tests négatifs, elle avait fini par en mourir d'envie. Elle perdait ses nuits sur des forums et guettait le moindre symptôme. Un déclic à contretemps pour combler la frustration d'un corps traître qui s'obstinait chaque mois à recracher son rêve. L'heureux événement n'était toujours pas programmé et le temps se faufilait. Parfois, il lui arrivait de ressortir la photo en noir et blanc du tiroir de son bureau et de la contempler à la dérobée, comme pour se persuader que le bonheur qu'elle attendait pouvait éclater. Ce jour-là, Augustine attrapa l'enveloppe et la jeta sur la console de l'entrée sans même la décacheter. Elle connaissait la sentence immuable et la déception qui s'en suivrait. Elle voulait s'épargner ces émotions négatives lors de sa journée de congés.

Pour la deuxième fois de la journée, au garde-à-vous de la sonnette importune, elle allait dévaler les escaliers quand son regard, mué par une étrange intuition, pivota vers la chambre d'amis. Immédiatement, un sentiment de malaise l'étreignit. Elle sut que quelque chose clochait lorsqu'elle aperçut les coccinelles qui constellaient le plafond. Par dizaines, par centaines. Tout d'abord, elle crut qu'elle rêvait, une scène trop surréaliste pour être vraie. Puis, elle se rendit compte que les détails étaient trop précis pour être faits de l'étoffe des rêves. De plus, elle n'avait pas atterri au milieu de la scène comme dans les songes qui vous propulsent mystérieusement au cœur d'une action dont vous êtes l'héroïne. Il n'y avait aucun doute. C'était la réalité. Augustine ouvrit la fenêtre pour libérer les coccinelles et regretta presque aussitôt son geste. Dehors, elle aperçut une curieuse nuée digne des invasions de dessins animés. Elle referma immédiatement la fenêtre ; une dizaine de coccinelles lui tombèrent sur la tête. A y regarder de plus près, leurs couleurs avaient été inversées. Elles étaient noires, avec des points rouges. Comme si un peintre sinon fou du moins distrait les avaient dessinées. Augustine se précipita en dehors de la chambre et ferma la porte à clé pour aller ouvrir au mystérieux visiteur. Les coups de sonnette stridents redoublaient, trahissant ainsi une impatience agacée.

Augustine ouvrit la porte, l'esprit ailleurs, encore perturbée. De l'autre côté de la porte, sa voisine Odile arborait un large sourire et lui colla aussitôt dans les bras un gâteau au chocolat juste tiédi qui lui intimait l'ordre de la laisser entrer. Augustine s'exécuta, la laissa passer et se fendit d'un sourire poli, amèrement consciente que cette intrusion sabotait ses projets de l'après-midi. D'ordinaire, Augustine appréciait pourtant les visites d'Odile mais elle voulait simplement rester seule aujourd'hui. Avec ses allures de poupée rousse en porcelaine, intemporelle et toujours coquette, Odile cultivait son image de ménagère modèle à la Bree Van de Kamp. Charmante, prévenante, Odile était une voisine toujours affable et de bon service. Elle surveillait la maison, s'occupait du jardin lorsqu'ils partaient en vacances et leur donnait des fruits et des légumes à l'occasion. Odile n'avait pas eu d'enfants. Augustine n'avait plus de parents. En toute logique, les deux femmes s'étaient rapprochées pour jouer cette comédie filiale par procuration. Elles n'avaient pas besoin de se parler pour se comprendre. Ensemble, elles se sentaient bien, une intimité apaisante comme si un fil invisible les reliait.

Elles avaient dégusté le gâteau qu'Odile avait apporté puis s'étaient assises chacune dans leur fauteuil pour s'adonner à leur passion commune, la lecture. Comme toutes les femmes heureuses, Odile et Augustine lisaient en buvant, non pas du café, mais du thé. Contre toute attente, Augustine parvint même à se détendre, oubliant presque les coccinelles qui paradaient dans la chambre du dessus et qu'il lui faudrait fatalement balayer ou aspirer avant d'aller se coucher.

La nuit tombait lorsqu'Augustine congédia son invité, prétextant un dossier pour le lendemain à préparer. Tout compte fait, Augustine avait passé une agréable journée. Elle n'avait pas fait le tiers des choses qu'elle avait envisagé de faire mais elle s'était reposée. Une fois l'épisode des coccinelles définitivement réglé, Augustine alla se coucher. Elle profita de l'absence de son mari pour s'étaler de tout son long dans le lit et s'endormit presque instantanément, après seulement quelques lignes de son roman.

Vers minuit, elle ouvrit les yeux en grand et fixa le plafond. Encore ses insomnies. Elle tenta de se rendormir, se tourna et se retourna encore. Mais rien n'y faisait. Ce sommeil traître l'avait une nouvelle fois abandonnée, lui promettant une journée pénible, carencée en énergie et en lucidité. De guerre lasse, Augustine décida de se lever pour aller boire un thé avant de rejoindre le grenier pour meubler ses insomnies en reprenant ses travaux d'écriture. La nuit, souvent, l'inspiration coulait, comme si la pénombre levait toutes les inhibitions.

A peine avait-elle fait un pas dans l'escalier qu'elle entendit comme le son d'un robinet qui coulait. Tout droit rejailli de l'enfance, un sentiment d'angoisse l'envahit à mesure qu'elle progressait dans l'escalier. Augustine tenta de se rassurer en se disant qu'elle avait sûrement oublié de fermer le robinet. En traversant le salon, Augustine aperçut un rai de lumière sous la porte de la cuisine. Elle s'arrêta net, tétanisée. Avant même d'ouvrir la porte, elle sentit une présence intrusive et inquiétante prendre possession de la maison. Son corps fut parcouru de frissons. Pour la première fois, elle avait peur dans la maison. D'ordinaire, lors des absences répétées de son mari, elle se laissait bercer par les bruits nocturnes de la maison. Le bois qui craquait déchirait l'obscurité comme une tendre plainte. C'était comme si la maison respirait, attachante, vivante, c'était comme si elle lui parlait et Augustine l'écoutait, rassurée par l'écho de ces conversations nocturnes qui rompaient sa propre solitude. Mais aujourd'hui, les sons qu'elle percevait étaient d'une autre nature, même la maison retenait son souffle. Après un instant de doute, Augustine se ragaillardit, honteuse de sa poltronnerie et ouvrit la porte de la cuisine à la volée. Quelle ne fut pas sa stupeur lorsqu'elle aperçut, debout devant l'évier, Odile qui chantonnait en faisant la vaisselle. Augustine se figea, paralysée, incapable de parler, oscillant entre le soulagement de reconnaître un visage familier et la colère de constater que sa voisine, sans aucune gêne, s'était permis de s'introduire en pleine nuit chez elle.

Un sentiment de malaise teinté d'une contrariété profonde la tenaillait face à cette intrusion sans préavis, cette ingérence dans son espace vital, comme un viol symbolique de son intimité. Evidemment, Odile était rentrée sans effraction. Elle avait les clés de la maison. Augustine aurait préféré avoir affaire à un cambrioleur. Il se serait enfui, aurait emporté quelques objets de valeur, elle aurait porté plainte et tout serait rentré dans l'ordre. Rien de plus normal. Sauf que la réalité déraillait, lui échappait. Les gendarmes lui riraient au nez dès qu'elle se mettrait à raconter qu'une bonne fée, qui n'était autre que sa voisine, avait clandestinement pénétré chez elle au beau milieu de la nuit pour s'acquitter des tâches ménagères. Le concept de servitude volontaire avait ses limites et les contes de fée à la Cendrillon étaient pour les enfants. Augustine imaginait déjà la réaction de son mari lorsqu'elle lui confierait ses aventures nocturnes. Il lui répondrait qu'elle avait trop d'imagination, qu'elle allait finir par devenir folle à force d'inventer des histoires, de s'entêter à écrire des romans. Mais cette fois, elle ne rêvait pas. Odile était bien là, au beau milieu de la nuit, incrustée dans le décor de sa cuisine. Une fois le dernier verre essuyé, elle posa son torchon et sortit de la pièce comme si de rien n'était, sans même concéder un regard à Augustine qui, sidérée, la regarda passer sans mot dire. L'instant d'après, elle était à nouveau seule dans la maison. Elle vérifia deux fois que la porte d'entrée était bien fermée, laissa la clé dans la serrure et retourna immédiatement se coucher. Avant de s'endormir, elle consigna tout ce qu'elle avait vécu dans son carnet. Une urgence à écrire pour se persuader qu'elle n'était pas encore tout à fait folle.

Le lendemain matin, ce ne fut pas son réveil qui la tira du sommeil mais une migraine terrible qui lui tailladait les tempes comme pour la punir de cette nuit étrange. Tel un bateau ivre, elle émergea péniblement de son lit, tituba quelques secondes avant de se reprendre.

C'était comme une gueule de bois sans avoir bu, semblable à la descente douloureuse des noctambules après une nuit de fête enfiévrée. Elle était épuisée. Elle flottait, comme si un pantin gesticulait à sa place. Son visage était marqué par les affres d'un sommeil plus dissident que réparateur.

Ce matin, au-delà de sa migraine qui se dissiperait sous l'effet d'un antalgique providentiel, ce qui déroutait le plus Augustine, c'était ce sentiment étrange de normalité. Il n'y avait rien de suspect. C'était comme si rien ne s'était passé, comme si tout ce qui était arrivé la veille était trop irréel pour avoir existé. La maison était vide, drapée dans un silence turbulent, émaillé de craquements familiers. L'invasion des coccinelles, l'intruse devant l'évier. Tout ce qui se rapportait à ce sentiment d'étrangeté onirique avait été balayé. Le grand ménage. La maison semblait avoir effacé toute trace des événements peu communs de la veille.

Pourtant, Augustine doutait, ne savait plus quoi penser. De ses vagabondages nocturnes, il ne lui restait plus qu'une impression confuse, évanescente, comme le souvenir fugace d'un rêve. Les situations absurdes, chaotiques ne faisaient illusion que dans les rêves et se fracassaient au réveil, rattrapées par la logique d'une réalité implacable. Avait-elle tout inventé ? Assaillie par une incertitude malsaine, elle n'était plus tout à fait sûre de ce qu'elle avait vu cette nuit. Etait-ce juste un cauchemar ? Odile ne l'avait pas menacée, elle n'était pas morte, sinon son rêve se serait brusquement enrayé, la douleur l'aurait réveillée. Avait-elle trop dormi durant sa sieste de la veille au point de délirer ? Etait-ce un rêve si pénétrant qu'il ressemblait à s'y méprendre à la réalité ? S'était-elle réellement relevée ? Après tout, elle avait peut-être fait la vaisselle machinalement la veille avant d'aller se coucher. Etaient-ce encore ses crises de somnambulisme qui reprenaient ?

Elle hésita à appeler son mari puis se ravisa. Pour lui dire quoi ? Qu'elle avait fait un cauchemar, comme une petite fille ? Que son empreinte était encore gravée dans son esprit au réveil et qu'elle ressentait un vague sentiment de malaise ? Ses pensées se figèrent, elle parlait toute seule, à voix haute. Egarée et honteuse, elle se sentit ridiculement idiote. Elle était seule, démunie, au pied d'un mur de démence qui allait s'abattre sur elle si elle ne réagissait pas. Et tout d'un coup, elle fut prise d'une incroyable nausée. Elle se précipita dans l'évier pour vomir. En se redressant, encore engourdie par ce sentiment de torpeur qui la submergeait, elle aperçut la maison de sa voisine. Paisible, endormie. Une révolte sourde l'étreignit. Elle dessoûla d'un coup, comme si elle avait été plongée dans un bac d'eau glacée. Il fallait qu'elle sache, sinon cette pensée allait la tourmenter, l'obséder, jusqu'à la rendre folle. Elle décida d'en avoir le cœur net. Elle s'habilla à la hâte pour tirer les choses au clair avec sa voisine et lui demander des explications.

Lorsqu'Augustine ouvrit sa porte, le froid cinglant lui gifla le visage. En proie au doute mais fermement agrippée au but de la mission matinale qu'elle s'était assignée, elle progressait, en pantoufles, non sans mal, entre les herbes folles du jardin de sa voisine. Elle n'avait jamais remarqué que les extérieurs de sa maison étaient autant négligés. Elle s'arrêta net devant la porte d'entrée, frappa énergiquement et patienta quelques secondes, prête à en découdre pour mettre à jour ce mystère nocturne. En écho, elle ne perçut qu'un lointain silence. A l'intérieur, rien ne bougeait. La maison était comme paralysée, figée dans l'obscurité. Curieusement, cette quiétude ordinaire la troubla. Augustine manifesta une nouvelle fois sa présence, martelant ses poings rageurs contre la porte en bois. Elle tambourina bruyamment de longues minutes, son tapage déclenchant l'aboiement des chiens de ferme aux alentours. Elle comptait bien faire comprendre à sa voisine, peu encline à l'ouvrir, qu'elle n'avait pas le monopole des visites importunes et que l'ignorance feinte et l'illusion d'un sommeil trop profond ne suffiraient pas à la duper. C'était décidé, elle ne partirait pas sans avoir éclairci le mystère de ses insomnies.

Augustine était sur le point de contourner la maison quand elle se rendit compte que la porte d'entrée n'était pas fermée à clé. C'était comme si Odile l'invitait à entrer. Elle douta une fraction de secondes, puis, muée par une curiosité magnétique, cette même curiosité qui invite les conducteurs à ralentir irrésistiblement pour contempler le spectacle des accidents, elle chassa toute hésitation coupable et se précipita à l'intérieur. Après tout, le jeu avait déjà commencé, et ce n'était pas elle qui l'avait initié. En s'ouvrant, la porte tourna péniblement sur ses gonds, poussant un long gémissement.

Augustine fit quelques pas à l'intérieur. Etait-ce un avertissement étouffé, prélude d'un péril imminent, ou la fébrilité qui accompagne la violation exquise de l'interdit, le cœur d'Augustine cognait si fort dans sa poitrine qu'elle avait l'impression qu'il allait bondir dans la maison.

Augustine se figea quelques instants dans l'entrée. Elle se risquait en terre inconnue. Elle n'était jamais entrée dans la maison d'Odile. Augustine s'attendait à pénétrer dans une maison coquettement blottie dans un repos élégant. Elle s'attendait à être éblouie par un foyer à la décoration soignée reflétant la distinction de sa propriétaire ainsi que son obsession culpabilisante pour l'ordre et le ménage. Mais dès l'entrée, le tain piqué du miroir refléta tout autre chose. La poussière constellait le parquet tandis que les toiles d'araignée avaient pris possession du lustre de l'entrée. Augustine fut immédiatement assaillie par des relents incommodes mais familiers. L'odeur si particulière de l'urine de chat, âcre et corrosive, prenait à la gorge, imprégnant chaque bouffée d'oxygène dès le seuil franchi. Et puis, il y avait ce mélange de moisissure et de renfermé qui flottait lourdement dans l'air, comme une sensation d'oppression sourde. Augustine se demanda comment Odile pouvait vivre dans ce capharnaüm, comment son élégance naturelle pouvait s'accommoder de cet intérieur négligé.

Elle n'avait jamais voulu l'inviter. Lorsqu'Augustine évoquait le sujet, Odile rougissait et se dérobait, prétextant qu'elle vivait dans une maison de poupée un peu fanée, sans charme, sans intérêt. Un ton badin pour dissimuler un embarras larvé. Maintenant Augustine comprenait. Odile faisait illusion. Elle s'en voulait de n'avoir rien deviné. A retardement, un sentiment diffus de honte et de pitié l'envahissait.

De manière étrange, Augustine fut instinctivement propulsée vers le salon. La pièce était endormie, nimbée d'obscurité. Elle la balaya du regard et se mit à trembler, étourdie par le trouble qui la submergeait. Autour d'elle, des ombres inquiétantes dansaient dans un ballet immobile. Elle maîtrisa ses craintes et continua de progresser dans la pénombre.

Comme pour se rassurer et se raccrocher à quelque chose de concret, Augustine se mit à appeler son amie. D'abord fébrilement, puis son impatience grandit. Ces cris clairsemés se firent plus stridents, rapprochés, implorants, comme des quintes de toux, dont l'écho suffocant trahissait sa propre détresse. Elle s'égosillait à présent. Ces appels affolés s'étranglaient, fracassés dans le vide silencieux de la maison.

Soudain, les contours du salon apparurent plus distinctement, comme si ses yeux étaient devenus plus pénétrants, s'affranchissant du voile d'obscurité. Augustine distingua d'abord le rideau qui voletait près d'un carreau brisé, puis le petit arbuste, près de la cheminée, qui se frayait un chemin entre les lames du parquet, et enfin, elle aperçut les meubles du salon, tous drapés dans un linceul blanc.

Et là, la vérité lui sauta à la figure comme un éclat d'obus. Sa voisine n'était pas là. Elle s'était évaporée. La maison était vide, déserte, tout simplement abandonnée.

Ebranlée par cette lucidité fulgurante, Augustine se tétanisa. Dans son corps, l'étreinte de la peur se desserra pour laisser place à la sidération. Les questions jaillirent comme si une canalisation avait cédé, menaçant de tout inonder.

Où était passée Odile ? Avait-elle seulement déjà vécu ici ? Et après tout, qui était-elle vraiment ?

Au fil des doutes, la réalité se dérobait, s'effritait jusqu'à se fondre dans un tableau insensé. Depuis l'étrange manège des coccinelles, les événements incohérents s'enchaînaient, sans logique, comme dans les mauvais rêves où la raison renonce à donner du sens. Augustine avait l'impression de perdre pied. Etait-elle encore en train de rêver ? Avait-elle sublimé la vie d'Odile au point de l'inventer ?

Enivrée par la confusion, Augustine chancela. Sa tête se mit à tourner, happée par le vertige de la folie. Dans un élan désespéré, elle se ressaisit et bondit dans l'entrée. Aux abois, elle ouvrit la porte à la volée et se précipita dehors. La pluie lui mitrailla le visage. Elle courut sans s'en apercevoir. Dans sa fuite éperdue, elle manqua de percuter le facteur qui débutait sa tournée en vélo.

Désorientée, Augustine s'immobilisa au milieu de la chaussée avant l'impact. Puis, dans un déferlement de mots, aussi décousu qu'essoufflé, elle interpella vivement le facteur pour s'enquérir du sort d'Odile. Dans son trouble, elle remarqua à peine son accoutrement étrange, un nœud papillon rouge et une veste en velours côtelé vert sapin qui lui donnaient des allures de bonhomme de Noël. Le malheureux, incrédule, la fixa quelques secondes, sans comprendre. Embarrassé, il oscillait entre l'agacement face à cette apparition furieuse qui bousculait le rythme de sa tournée et la pitié face au désespoir forcené de cette jeune femme qui semblait délirer. Puis, dans un dernier élan de détresse, Augustine désigna du doigt la maison de sa voisine. Ne résistant pas à la délectation d'une indiscrétion ébruitée, le facteur finit par lui révéler que la maison était inoccupée depuis plus de dix ans. Sa dernière occupante s'était suicidée lorsqu'elle avait appris qu'elle ne pouvait pas avoir d'enfants. Après le drame, la famille n'avait pas réussi à vendre la maison.

Après avoir mis Augustine dans la confidence, il la salua poliment et reprit tranquillement le cours de sa tournée en sifflotant.

Augustine vacilla. Ses pensées tourbillonnèrent dans sa tête, se heurtant contre les murs mouvants de sa raison. Enracinée dans le bitume, elle flottait, incapable de remettre en ordre ses idées, impuissante face à une logique qui se dérobait. L'espace de quelques secondes, sa vie se figea, suspendue à ce sentiment d'irréalité.

Puis, en un coup de klaxon, la réalité se matérialisa de nouveau. Les rumeurs de la rue l'éclaboussèrent comme autant de braillements d'enfants qui déferlent dans les tympans lorsqu'on émerge de l'eau de la piscine après un moment d'apnée. Une voiture, arrivant à vive allure, l'évita de justesse, au prix d'un écart imprudent.

Arrachée de sa torpeur mais encore hagarde, Augustine courut jusque chez elle dans une foulée mécanique qui lui donnait l'allure d'une somnambule.

Lorsqu'elle franchit le seuil de la maison, la sonnerie du téléphone déchira le silence. Augustine se dirigeait instinctivement vers le salon pour décrocher lorsqu'elle interrompit brutalement sa course dans l'entrée, happée par le reflet du miroir. A l'arrière-plan, accrochée au grand cèdre, une balancelle en fer blanc voletait au gré des bourrasques de vent. Et face à elle, se dressait une femme brune aux cheveux longs. Son regard était songeur, flottant, engloutissant l'infini. Le téléphone continuait de sonner dans un vide étrange.

Augustine ferma les yeux. Elle dérivait, elle n'avait plus aucun ancrage avec la réalité. C'était comme si quelque chose en elle avait cédé. Dans sa vie, les champs magnétiques s'inversaient. Rêve et réalité tourbillonnaient dans un manège troublant, au point de fusionner et de se muer en une chute vertigineuse. Une chute en arrière, dans un abîme sans fond, comme lorsqu'on bascule dans le sommeil, sauf qu'elle se réveillait.

Au ralenti, dans un fondu enchaîné maladroit, Augustine émergea confusément dans un nouveau décor. Un décor familier aux murs blancs bardés d'organigrammes et de plannings de réunion. Et cette sonnerie importune, lancinante, administrative qui s'entêtait. Augustine ouvrit les yeux et sursauta. Penchée au-dessus de son bureau et l'air visiblement inquiet, une tête hirsute affublée d'un nœud papillon rouge et d'une veste verte en velours côtelé, lui demanda comment elle se sentait. Encore imprégnée de ce rêve furieux, qui se terminait sans fin, Augustine mit quelques secondes à reprendre pied avec la réalité. Un peu honteuse, elle finit par avouer à son assistant qu'elle s'était tout simplement assoupie. Rassuré, il se proposa d'aller lui chercher un verre d'eau pour lui rafraîchir les idées.

Bien qu'encore groggy mais touchée par la prévenance de son collègue, Augustine rassembla ses esprits et finit par décrocher. Malgré sa sieste improvisée, une impression de fatigue écrasante la tenaillait encore au point de l'étourdir, mais elle n'eut pas le temps de s'appesantir davantage, le rythme professionnel ayant la vertu aliénante d'inhiber toute tergiversation personnelle.

A l'autre bout du fil, Elodie, sa Directrice Générale Adjointe, lui demanda de la rejoindre immédiatement en salle des Commissions avec le dossier de présentation car le Comité de pilotage prévu à 14h30 était avancé d'une demi-heure.

Augustine raccrocha, avala d'un trait le gobelet déposé avec bienveillance sur son bureau et pianota frénétiquement sur le clavier de son ordinateur. Lorsque l'écran de veille s'évapora, une image familière, étrangement onirique, jaillit tout à coup, envahissant presque tout l'écran. Une chartreuse en pierre blanche blottie dans l'ombre d'un cèdre serein. A côté de l'image, un mail de son mari lui demandait affectueusement si elle avait réfléchi pour la maison. Augustine sourit. Evidemment qu'elle avait réfléchi. Depuis leur contre-visite, la maison l'habitait, ne quittait plus ses pensées, au point de l'obséder.

Elle vérifia que la présentation était bien enregistrée sur sa clé USB, l'arracha à la hâte, attrapa son dossier et le tâcha comme à l'accoutumée, ses doigts exsudant du fond de teint toute la journée. Elle se leva de son fauteuil et pivota pour s'en aller, lorsque son regard fut accroché par un détail intrigant sur son bureau. Une coccinelle trottinait paresseusement, flânant entre les piles de dossiers. L'espace d'une seconde, Augustine se demanda si elle s'était vraiment réveillée, si elle n'était pas en train de prolonger son dernier rêve inachevé, comme si elle basculait dans un autre étage de songes, emboîté dans le précédent. Mais cette impression fugace se dissipa immédiatement. La petite bête était rouge, avec des points noirs. La réalité s'était subitement redressée, retrouvant ainsi toute sa logique.

Bien qu'attendue pour une réunion stratégique, Augustine ne put s'empêcher de s'attarder pour fixer le manège du coléoptère qui interrompit sa promenade devant une enveloppe cachetée, estampillée du logo bleu de son laboratoire d'analyses. Et là, une idée fulgurante lui transperça l'esprit, avec toute la force de l'évidence. Tout se mit à tourner autour d'elle. Telle une secousse d'une magnitude intense, une nausée inouïe s'empara de tout son corps, prélude d'une éruption imminente. Augustine bondit hors de son bureau et se rua vers les toilettes. Cette houle écœurante chavirait tout son être. L'estomac au bord des lèvres, elle eut juste le temps d'atteindre le lavabo avant le haut de cœur final. Pliée en deux par de violents spasmes, elle vomissait comme jamais. Dans un effort douloureux confinant au soulagement, elle se vidait, sans être étonnée, presque joyeusement. Elle lâchait prise, enfin. Les doutes, les angoisses, le déni, jaillissaient de son corps en torrents rageurs et se fracassaient contre la faïence. Puis, Augustine hoqueta une dernière fois et la crise s'éloigna.

Encore bouleversée par cet accès de fureur qui avait déferlé sur son corps, Augustine se redressa péniblement et appuya ses bras contre le lavabo pour ne pas tomber. Tête baissée et secouée par des frissons, elle resta dans cette position quelques secondes, incapable de bouger, ni de penser. Puis, une fois l'orage passé, elle recula de quelques pas, titubant, et se laissa aller contre le mur du fond. Elle fixa avec intensité son reflet dans le miroir. Elle était blafarde, perdue et excitée tout à la fois. Elle n'osait y croire, tiraillée entre la joie et la terreur.

Dans un souffle saccadé, elle tenta de respirer profondément pour se calmer. De longues bouffées par le ventre, pour faire le vide, comme au pilates. A mesure qu'elle respirait, qu'elle chassait tout l'air de ses poumons, son ventre se remplissait, rebondissait. Fascinée par ce phénomène troublant, Augustine souleva avec fébrilité son chemisier. Et là, elle vit son ventre s'animer, comme si un souffleur de verre facétieux soufflait de l'air depuis l'intérieur. Dans un gargouillis presque mélodieux, son ventre gigotait, rebondissait, d'un côté puis de l'autre. A mesure qu'elle soufflait, il enflait dans un ballet disgracieux curieusement harmonieux. Son ventre se déformait de manière déraisonnable, presque magique. C'était comme si un acrobate jouait avec son corps, affleurant sous sa peau jusqu'à former une petite bosse incongrue du côté gauche qui s'évaporait le temps qu'elle reprenne son souffle pour réapparaître aussitôt. Son corps prenait le pouvoir, la possédait, lui échappait, jusqu'à ne plus rien contrôler. La douleur et le plaisir se mélangeaient, son imagination et la réalité fusionnaient jusqu'à se matérialiser dans ce désir magnétique, irrésistible et profond. Augustine ferma les yeux. Un sentiment de plénitude l'envahissait. Elle n'avait pas besoin d'ouvrir l'enveloppe sur son bureau, elle savait ce qu'elle contenait. Elle recelait la promesse d'une vie qui grouillait, qui palpitait déjà avant même d'être née. Une vie qui éclabousserait la sienne et allait tout bousculer. Tout à son bonheur, elle riait et pleurait en même temps. Elle avait un secret. Et elle voulait profiter de cet état fébrile, comme dans du coton, pour quelques heures encore.

Soudain, son téléphone portable vibra dans sa poche. Sa DGA trépignait, elle lui demandait ce qu'elle fabriquait car tous les élus étaient déjà arrivés. En temps normal,

Augustine aurait paniqué mais aujourd'hui, galvanisée par son intuition, rien ne l'atteignait.

Elle se contenta de réajuster son tailleur et s'aspergea vivement le visage d'eau fraîche avant de regagner son bureau pour attraper à la hâte clé USB et dossiers. Avant de sortir, elle ratissa frénétiquement le petit jardin zen déposé sur son bureau, son rituel pour se rassurer avant d'entrer dans l'arène. Puis, elle se précipita dans l'escalier. Saisie par l'urgence de vivre, elle ne courait pas, elle flottait. Elle pénétra en trombe dans la salle des Commissions, sous les regards agacés des élus qui s'impatientaient. Nichée en haut de la tour administrative, la salle de réunion offrait une vue saisissante sur la métropole bordelaise, entre ruelles discrètes et prestige éhonté. Feignant un air confus, Augustine se dépêcha de regagner sa place aux côtés de sa DGA. Alors qu'elle installait à la hâte sa clé USB, elle remarqua qu'Elodie se dandinait sur sa chaise. Augustine sourit. Pour les grandes réunions, Elodie étrennait « *ses chaussures de dame* » comme elle disait. Toujours en ballerines, elle n'avait pas l'habitude de porter des talons et avait visiblement très mal aux pieds. Derrière ses allures de poupée rousse en porcelaine, Elodie trompait son monde. Son apparente fragilité recelait un tempérament de feu qui pouvait entrer en éruption à tout instant. Mais Augustine avait su l'apprivoiser. Elles formaient une belle équipe et cela se voyait. Au fil des années, au-delà du lien hiérarchique qui les unissait, au-delà de la synchronisation de leurs modes de pensée, une relation fusionnelle, amicale était née. Elles auraient pu être mère et fille, et elles en jouaient. Leur complicité farouche détonnait. D'ailleurs, Elodie ne lui fit aucune remarque sur son retard et se contenta de lui dire qu'elle n'avait pas bonne mine et qu'elle ferait bien de lever le pied.

Tout était prêt, leur numéro de duettiste parfaitement rodé allait pouvoir commencer. Augustine lança le diaporama. Après l'introduction du Président, la première diapo surgit à l'écran. « Projet fusion : constitution de la grande région Aquitaine – Limousin – Poitou-Charentes ». Le Président céda la parole à la chargée de mission, chef du « Projet fusion ».

En bon soldat du service public, Augustine déroula mécaniquement sa présentation, avec une aisance déterminée et efficace. Les diapos s'enchaînaient avec une précision clinique. Conduite du changement, mutualisation, accompagnement des équipes dans un contexte partenarial incertain et complexe, maîtrise des budgets dans un environnement contraint. Augustine se surprit à prendre du plaisir à fredonner cette rengaine administrative qui n'avait d'intérêt que pour les initiés. Elle n'en était que plus convaincante. Si sa voix résonnait avec conviction dans la salle de réunion, son esprit était ailleurs. Augustine était étourdie par la fièvre de cette journée qui la propulsait hors de l'ordinaire, et surtout hors d'elle-même. Elle peinait à contenir ce bonheur qui l'irradiait, ruisselant par les fissures de son masque professionnel. Détachée de ce qui se passait comme si elle regardait sa doublure réciter une pièce de théâtre qu'elle connaissait par cœur, Augustine s'évadait, obnubilée par un autre projet, son ventre en fusion qui se durcissait, enflait et se liquéfiait en même temps. A l'intérieur, un passager clandestin fomentait une révolution sous la forme d'une disparition imminente, celle de son nombril. Augustine s'échappa en pensée, sur un fil invisible, comme une funambule en équilibre, irrésistiblement attirée vers la maison.

Tout la ramenait à cette maison, elle faisait corps avec elle. Elle montait les escaliers, se réfugiait dans le grenier et s'installait à l'atelier d'écriture qu'elle avait imaginé en rêve. Augustine ressentit un vertige immense. Elle se sentait vivante, libre, étonnamment légère alors qu'elle grouillait de rêves. Elle aurait voulu retenir ce moment d'apesanteur pour qu'il s'étire à l'infini. Elle avait trouvé l'idée de son prochain roman. Elle n'avait plus qu'à l'étreindre. Elle allait l'écrire, accoucher d'une histoire et surtout la vivre.

En l'espace de quelques heures, rien n'avait changé et pourtant tout était bouleversé.
Le manège des coccinelles lui avait laissé entrevoir cette petite folie qui dégoulinait des rêves, la possibilité du bonheur. Comme un cheval de Troie, il était là, palpable comme jamais, embusqué dans une promesse de vente et l'espoir d'une famille. Le bonheur ricochait contre les murs de la maison, contre les parois de son ventre en fusion et sur cette page blanche qui frémissait déjà d'impatience à l'idée d'être conquise. Et il se balançait, comme une plume insouciante, suspendu sous un grand cèdre, sur une balancelle en fer blanc.

Remerciements

Un grand merci à toutes les personnes qui ont cru en moi et m'ont permis d'aller au bout de ce rêve d'écriture.

Et plus particulièrement,

A mes premiers lecteurs, mon mari, ma famille, mes amis. A leur regard bienveillant et à leurs conseils en équilibre subtil entre honnêteté et encouragements. A la belle équipe que nous formons, à la place qu'ils occupent dans ma vie, à leur soutien indéfectible quels que soient mes choix, mes projets, au simple fait d'être toujours là pour moi, du fond du cœur, merci.

Aux rêves de mômes, aux rêves fous, qui ne meurent jamais,

A mes racines creusoises, là où tout a commencé,

A mes professeurs du collège – lycée Eugène Jamot d'Aubusson, et de Sciences Po Bordeaux qui m'ont donné le goût des mots et l'envie d'écrire,

A George Sand bien-sûr,

Aux écrivains qui m'ont encouragée lorsque je doutais, Jean-Guy Soumy, Bruno Tessarech,

A ma marraine d'écriture, Corinne Falbet – Desmoulin, et à l'association des Nouvelles d'Ici et d'Ailleurs de Brive,

Au talent de Joël (sans oublier son complice Lucas) qui a su croquer les idées blotties dans ma tête pour donner vie à la couverture, chapeau l'artiste !

A tous ceux que j'oublie certainement,

A ceux qui ne sont plus là et qui me manquent,

A tous les lecteurs qui ont enfin rencontré Lucie, Eugénie, Charlie, Augustine et tous les autres, et me permettent de vivre cette belle aventure. Ces personnages se sentaient à l'étroit dans mes tiroirs. J'avais hâte de les mettre au monde pour que leurs aventures prennent vie dans l'imagination d'autres lecteurs, bousculent mon histoire et me donnent envie d'en écrire d'autres,

Enfin, à la vie qui est belle, viva la vida, comme aurait dit Frida !

Pour partager l'empreinte de votre lecture et prolonger cette rencontre littéraire, rendez-vous sur mon blog « Rêves de Mô(me) » : *https://revesdemome.wordpress.com* ou par mail *revesdemome@yahoo.com*

Table

Envole-toi 11

La tentation du lys 25

Elle est debout sur mes paupières 55

Eloignez-vous de la bordure du quai 81

Le manège des coccinelles 91

Remerciements ....…..125